WILLIAM SHAKES

Der Kaufmann von Venedig

The Merchant of Venice

SUAVIS

Personen

Der Doge von Venedig
Prinz von Marokko
Prinz von Arragon, *Freier der Porzia*
Antonio, *der Kaufmann von Venedig*
Bassanio, *sein Freund*
Solanio, Salarino *und* **Graziano**, *Freunde des Antonio*
Lorenzo, *Liebhaber der Jessica*
Shylock, *ein Jude*
Tubal, *ein Jude, sein Freund*
Lanzelot Gobbo, *Shylocks Diener*
Der alte Gobbo, *Lanzelots Vater*
Salerio, *ein Bote von Venedig*
Leonardo, *Bassanios Diener*
Balthasar *und* **Stephano**, *Porzias Diener*
Porzia, *eine reiche Erbin*
Nerissa, *ihre Begleiterin*
Jessica, *Shylocks Tochter*
Senatoren von Venedig, Beamte des Gerichtshofes,
Gefangenwärter, Bediente und andres Gefolge
Die Szene ist teils zu *Venedig*, teils zu *Belmont*, Porzias Landsitz

Characters

The DUKE OF VENICE.
The PRINCE OF MOROCCO,
The PRINCE OF ARRAGON - suitors to Portia.
ANTONIO, a merchant of Venice.
BASSANIO, his friend, suitor likewise to Portia.
SALANIO, SALARINO, GRATIANO, SALERIO - friends to Antonio
LORENZO, in love with Jessica.
SHYLOCK, a rich Jew.
TUBAL, a Jew, his friend.
LAUNCELOT GOBBO, the clown, servant to SHYLOCK.
OLD GOBBO, father to Launcelot.
LEONARDO, servant to BASSANIO.
BALTHASAR, STEPHANO - servants to PORTIA.
PORTIA, a rich heiress.
NERISSA, her waiting-maid.
JESSICA, daughter to SHYLOCK.
Magnificoes of Venice, Officers of the Court of Justice, Gaoler,
Servants to Portia, and other Attendants.

INHALT
Erster Aufzug

Zweiter Aufzug

Dritter Aufzug

Vierter Aufzug

Fünfter Aufzug

CONTENTS
ACT I.

ACT II.

ACT III.

ACT IV.

Erster Aufzug
Erste Szene
Venedig. Eine Straße.
Antonio, Salarino und Solanio treten auf.

Antonio. Fürwahr, ich weiß nicht, was mich traurig macht;
Ich bin es satt; ihr sagt, das seid ihr auch.
Doch wie ich dran kam, wie mir's angeweht,
Von was für Stoff es ist, woraus erzeugt,
Das soll ich erst erfahren.
Und solchen Dummkopf macht aus mir die Schwermut,
Ich kenne mit genauer Not mich selbst.
Salarino. Euer Sinn treibt auf dem Ozean umher,
Wo Eure Galeonen, stolz besegelt,
Wie Herrn und reiche Bürger auf der Flut,
Als wären sie das Schaugepränge der See,
Hinwegsehn über kleines Handelsvolk,
Das sie begrüßet, sich vor ihnen neigt,
Wie sie vorbeiziehen mit gewebten Schwingen.
Solanio. Herr, glaubt mir, hätt ich so viel auf dem Spiel,
Das beste Teil von meinem Herzen wäre
Bei meiner Hoffnung auswärts. Immer würd ich
Gras pflücken, um den Zug des Winds zu sehen;
Nach Häfen, Reed' und Damm in Karten gucken,
Und alles, was mich Unglück fürchten ließ
Für meine Ladungen, würde ohne Zweifel mich traurig machen.
Salarino. Mein Hauch, der meine Suppe kühlte, würde
Mir Fieberschauer anwehen, dächte ich dran,
Wieviel zur See ein starker Wind kann schaden.
Ich könnte nicht die Sanduhr rinnen sehen,
So dächte ich gleich an Seichten und an Bänke,
Sähe meinen «reichen Hans» im Sand fest,
Das Haupt bis unter seine Rippen neigend,
Sein Grab zu küssen. Ging ich in die Kirche
Und sähe das heilige Gebäude von Stein,
Sollt ich nicht gleich an schlimme Felsen denken,
Die an das zarte Schiff nur rühren dürfen,
So streut es auf den Strom all sein Gewürz
Und hüllt die wilde Flut in meine Seiden.
Und kurz, jetzt eben dies Vermögen noch,
Nun gar keins mehr? Soll ich, daran zu denken,

ACT I.
SCENE I.
Venice. A street.
Enter ANTONIO, SALARINO, and SALANIO.

ANTONIO. In sooth, I know not why I am so sad:
It wearies me; you say it wearies you;
But how I caught it, found it, or came by it,
What stuff 'tis made of, whereof it is born,
I am to learn;
And such a want-wit sadness makes of me,
That I have much ado to know myself.
SALARINO. Your mind is tossing on the ocean;
There, where your argosies with portly sail,
Like signiors and rich burghers on the flood,
Or, as it were, the pageants of the sea,
Do overpeer the petty traffickers,
That curtsy to them, do them reverence,
As they fly by them with their woven wings.
SALANIO. Believe me, sir, had I such venture forth,
The better part of my affections would
Be with my hopes abroad. I should be still
Plucking the grass, to know where sits the wind,
Peering in maps for ports and piers and roads;
And every object that might make me fear
Misfortune to my ventures, out of doubt would make me sad.
SALARINO. My wind cooling my broth
Would blow me to an ague, when I thought
What harm a wind too great at sea might do.
I should not see the sandy hour-glass run,
But I should think of shallows and of flats,
And see my wealthy Andrew dock'd in sand,
Vailing her high-top lower than her ribs
To kiss her burial. Should I go to church
And see the holy edifice of stone,
And not bethink me straight of dangerous rocks,
Which touching but my gentle vessel's side,
Would scatter all her spices on the stream,
Enrobe the roaring waters with my silks,
And, in a word, but even now worth this,
And now worth nothing? Shall I have the thought

Gedanken haben und mir doch nicht denken,
Dass solch ein Fall mich traurig machen würde?
Doch sagt mir nichts; ich weiß, Antonio ist traurig,
Weil er seines Handels denkt.

Antonio. Glaubt mir, das nicht; ich dank es meinem Glück:
Mein Vorschuss ist nicht einem Schiff vertraut,
Noch einem Ort; noch hängt mein ganz Vermögen
Am Glück dieses gegenwärtigen Jahrs;
Deswegen macht mein Handel mich nicht traurig.

Solanio. So seid Ihr denn verliebt?

Antonio. Pfui, pfui!

Solanio. Auch nicht verliebt? Gut denn, so seid Ihr traurig,
Weil Ihr nicht lustig seid; Ihr könntet eben auch lachen,
Springen, sagen: Ihr seid lustig, weil Ihr nicht traurig seid.
Nun, beim zweiköpfigen Janus!
Natur bringt wunderliche Käuze ans Licht:
Der drückt die Augen immer ein und lacht
Wie 'n Starmatz über einen Dudelsack;
Ein andrer von so saurem Angesicht,
Dass er die Zähne nicht zum Lachen wiese,
Schwüre Nestor auch, der Spaß sei lachenswert.

Bassanio, Lorenzo und Graziano kommen.
Hier kommt Bassanio, Euer edler Vetter,
Graziano und Lorenzo; lebt nun wohl,
Wir lassen Euch in besserer Gesellschaft.

Salarino. Ich wär geblieben, bis ich Euch erheitert;
Nun kommen wertere Freunde mir zuvor.

Antonio. Sehr hoch steht Euer Wert in meiner Achtung;
Ich nehme es so, dass Euch Geschäfte rufen
Und Ihr den Anlass wahrnehmt, wegzugehen.

Salarino. Guten Morgen, liebe Herren!

Bassanio. Ihr lieben Herrn, wann lachen wir einmal?
Ihr macht euch gar zu selten: muss das sein?

Salarino. Wir stehen Euch zu Diensten, wann es beliebt.
Salarino und Solanio ab.

Lorenzo. Da Ihr Antonio gefunden habt,
Bassanio, wollen wir Euch nun verlassen.
Doch bitte ich, denkt zur Mittagszeit daran,
Wo wir uns treffen sollen.

Bassanio. Rechnet drauf.

Graziano. Ihr seht nicht wohl aus, Signore Antonio;

To think on this, and shall I lack the thought
That such a thing bechanced would make me sad?
But tell not me; I know, Antonio
Is sad to think upon his merchandise.

ANTONIO. Believe me, no: I thank my fortune for it,
My ventures are not in one bottom trusted,
Nor to one place; nor is my whole estate
Upon the fortune of this present year:
Therefore my merchandise makes me not sad.

SALARINO. Why, then you are in love.

ANTONIO. Fie, fie!

SALARINO. Not in love neither? Then let us say you are sad,
Because you are not merry: and 'twere as easy
For you to laugh and leap and say you are merry,
Because you are not sad. Now, by two-headed Janus,
Nature hath framed strange fellows in her time:
Some that will evermore peep through their eyes
And laugh like parrots at a bag-piper,
And other of such vinegar aspect
That they'll not show their teeth in way of smile,
Though Nestor swear the jest be laughable.

Enter BASSANIO, LORENZO, and GRATIANO

SALANIO. Here comes Bassanio, your most noble kinsman,
Gratiano and Lorenzo. Fare ye well:
We leave you now with better company.

SALARINO. I would have stay'd till I had made you merry,
If worthier friends had not prevented me.

ANTONIO. Your worth is very dear in my regard.
I take it, your own business calls on you
And you embrace the occasion to depart.

SALARINO. Good morrow, my good lords.

BASSANIO. Good signiors both, when shall we laugh? say, when?
You grow exceeding strange: must it be so?

SALARINO. We'll make our leisures to attend on yours.

Exeunt Salarino and Salanio

LORENZO. My Lord Bassanio, since you have found Antonio,
We two will leave you: but at dinner-time,
I pray you, have in mind where we must meet.

BASSANIO. I will not fail you.

GRATIANO. You look not well, Signior Antonio;

Ihr macht Euch mit der Welt zu viel zu schaffen:
Der kommt darum, der mühsam sie erkauft.
Glaubt mir, Ihr habt Euch wunderbar verändert.
Antonio. Mir gilt die Welt nur wie die Welt, Graziano;
Ein Schauplatz, wo man eine Rolle spielt, und meine ist traurig.
Graziano. Lasst den Narren mich spielen,
Mit Lust und Lachen lasst die Runzeln kommen
Und lasst die Brust von Wein mir lieber glühen,
Als härmendes Gestöhn das Herz mir kühlen.
Weswegen sollt ein Mann mit warmem Blut
Dasitzen wie sein Großpapa, gehauen
In Alabaster? Schlafen, wenn er wacht?
Und eine Gelbsucht an den Leib sich ärgern?
Antonio, ich will dir etwas sagen;
Ich liebe dich, und Liebe spricht aus mir:
Es gibt so Leute, deren Angesicht
Sich überzieht gleich einem stehenden Sumpf,
Und die ein eigensinnig Schweigen halten,
Aus Absicht, sich in einen Schein zu kleiden
Von Weisheit, Würdigkeit und tiefem Sinn;
Als wenn man spräche: Ich bin Herr Orakel;
Tu ich den Mund auf, rühr sich keine Maus.
O mein Antonio, ich kenne deren,
Die man deswegen bloß für Weise hält,
Weil sie nichts sagen; sprächen sie, sie brächten
Die Ohren, die sie hörten, in Verdammnis,
Weil sie die Brüder Narren schelten würden.
Ein andermal sag ich dir mehr hiervon;
Doch fische nicht mit so trübseligem Köder
Nach diesem Narren-Gründling, diesem Schein.
Komm, Freund Lorenzo! – Lebt so lange wohl,
Ich schließe meine Predigt nach der Mahlzeit.
Lorenzo. Gut, wir verlassen Euch bis Mittagszeit.
Ich muss von diesen stummen Weisen sein,
Denn Graziano lässt mich nie zum Wort.
Graziano. Gut, leiste mir zwei Jahre noch Gesellschaft,
So kennst du deiner Zunge Laut nicht mehr.
Antonio. Lebt wohl! Ich werde ein Schwätzer Euch zulieb.
Graziano. Dank, fürwahr! denn Schweigen ist bloß zu empfehlen
An geräucherten Zungen und jungfräulichen Seelen.
Graziano und Lorenzo ab.

8

You have too much respect upon the world:
They lose it that do buy it with much care:
Believe me, you are marvellously changed.
ANTONIO. I hold the world but as the world, Gratiano;
A stage where every man must play a part,
And mine a sad one.
GRATIANO. Let me play the fool:
With mirth and laughter let old wrinkles come,
And let my liver rather heat with wine
Than my heart cool with mortifying groans.
Why should a man, whose blood is warm within,
Sit like his grandsire cut in alabaster?
Sleep when he wakes and creep into the jaundice
By being peevish? I tell thee what, Antonio--
I love thee, and it is my love that speaks--
There are a sort of men whose visages
Do cream and mantle like a standing pond,
And do a wilful stillness entertain,
With purpose to be dress'd in an opinion
Of wisdom, gravity, profound conceit,
As who should say 'I am Sir Oracle,
And when I ope my lips let no dog bark!'
O my Antonio, I do know of these
That therefore only are reputed wise
For saying nothing; when, I am very sure,
If they should speak, would almost damn those ears,
Which, hearing them, would call their brothers fools.
I'll tell thee more of this another time:
But fish not, with this melancholy bait,
For this fool gudgeon, this opinion.
Come, good Lorenzo. Fare ye well awhile:
I'll end my exhortation after dinner.
LORENZO. Well, we will leave you then till dinner-time:
I must be one of these same dumb wise men,
For Gratiano never lets me speak.
GRATIANO. Well, keep me company but two years moe,
Thou shalt not know the sound of thine own tongue.
ANTONIO. Farewell: I'll grow a talker for this gear.
GRATIANO. Thanks, i' faith, for silence is only commendable
In a neat's tongue dried and a maid not vendible.
Exeunt GRATIANO and LORENZO

Antonio. Ist das nun irgendwas?

Bassanio. Graziano spricht unendlich viel nichts, mehr als irgendein Mensch in ganz Venedig. Seine vernünftigen Gedanken sind wie zwei Weizenkörner in zwei Scheffel Spreu versteckt; Ihr sucht den ganzen Tag, bis Ihr sie findet, und wenn Ihr sie habt, so verlohnen sie das Suchen nicht.

Antonio. Gut, sagt mir jetzt, was für ein Fräulein ist's,
Zu der geheime Wallfahrt Ihr gelobt,
Wovon Ihr heut zu sagen mir verspracht?

Bassanio. Euch ist nicht unbekannt, Antonio,
Wie sehr ich meinen Glücksstand hab erschöpft,
Indem ich glänzender mich eingerichtet,
Als meine schwachen Mittel tragen konnten.
Auch jammere ich jetzt nicht, dass die große Art
Mir untersagt ist; meine Sorg ist bloß,
Mit Ehren von den Schulden loszukommen,
Worin mein Leben, etwas zu verschwenderisch,
Mich hat verstrickt. Bei Euch, Antonio,
Steht meine größte Schuld, an Geld und Liebe,
Und Eure Liebe leistet mir Gewähr,
Dass ich Euch meine Pläne eröffnen darf,
Wie ich mich löse von der ganzen Schuld.

Antonio. Ich bitt Euch, mein Bassanio, lasst mich es wissen;
Und steht es, wie Ihr selber immer tut,
Im Angesicht der Ehre, seid gewiss:
Ich selbst, mein Beutel, was ich nur vermag,
Liegt alles offen da zu Euerm Dienst.

Bassanio. In meiner Schulzeit, wenn ich einen Bolzen
Verloren hatte, schoss ich seinen Bruder
Von gleichem Schlag den gleichen Weg; ich gab
Nur besser Acht, um jenen auszufinden,
Und, beide wagend, fand ich beide oft.
Ich führ Euch dieses Kinderbeispiel an,
Weil das, was folgt, die lautere Unschuld ist.
Ihr lieht mir viel, und wie ein wilder Junge verlor ich,
Was Ihr lieht; allein, beliebt es Euch,
Noch einen Pfeil desselben Wegs zu schießen,
Wohin der erste flog, so zweifle ich nicht,
Ich will so lauschen, dass ich beide finde.
Wo nicht, bring ich den letzten Satz zurück
Und bleib Euer Schuldner, dankbar für den ersten.

10

ANTONIO. Is that any thing now?
BASSANIO. Gratiano speaks an infinite deal of nothing, more
than any man in all Venice. His reasons are as two grains
of wheat hid in two bushels of chaff:
you shall seek all day ere you find them,
and when you have them, they are not worth the search.
ANTONIO. Well, tell me now what lady is the same
To whom you swore a secret pilgrimage,
That you to-day promised to tell me of?
BASSANIO. 'Tis not unknown to you, Antonio,
How much I have disabled mine estate,
By something showing a more swelling port
Than my faint means would grant continuance:
Nor do I now make moan to be abridged
From such a noble rate; but my chief care
Is to come fairly off from the great debts
Wherein my time something too prodigal
Hath left me gaged. To you, Antonio,
I owe the most, in money and in love,
And from your love I have a warranty
To unburden all my plots and purposes
How to get clear of all the debts I owe.
ANTONIO. I pray you, good Bassanio, let me know it;
And if it stand, as you yourself still do,
Within the eye of honour, be assured,
My purse, my person, my extremest means,
Lie all unlock'd to your occasions.
BASSANIO. In my school-days, when I had lost one shaft,
I shot his fellow of the self-same flight
The self-same way with more advised watch,
To find the other forth, and by adventuring both
I oft found both: I urge this childhood proof,
Because what follows is pure innocence.
I owe you much, and, like a wilful youth,
That which I owe is lost; but if you please
To shoot another arrow that self way
Which you did shoot the first, I do not doubt,
As I will watch the aim, or to find both
Or bring your latter hazard back again
And thankfully rest debtor for the first.

Antonio. Ihr kennt mich und verschwendet nur die Zeit,
Da Ihr Umschweife macht mit meiner Liebe.
Unstreitig tut Ihr jetzt mir mehr zu nah,
Da Ihr mein Äußerstes in Zweifel zieht,
Als hättet Ihr mir alles durchgebracht.
So sagt mir also nur, was ich soll tun,
Wovon Ihr wisst, es kann durch mich geschehen,
Und ich bin gleich bereit: deswegen sprecht!
Bassanio. In Belmont ist ein Fräulein, reich an Erbe,
Und sie ist schön und, schöner als dies Wort,
Von hohen Tugenden; von ihren Augen
Empfing ich holde, stumme Botschaft einst.
Ihr Nam' ist Porzia; minder nicht an Wert
Als Catos Tochter, Brutus' Porzia.
Auch ist die weite Welt des nicht unkundig,
Denn die vier Winde wehen von allen Küsten
Berühmte Freier her; ihr sonnig Haar
Wallt um die Schläfe ihr wie ein goldenes Vlies;
Zu Kolchos' Strande macht es Belmonts Sitz,
Und mancher Iason kommt, bemüht um sie.
O mein Antonio! hätt ich nur die Mittel,
Den Rang mit ihrer einem zu behaupten,
So weissagt mein Gemüt so günstig mir,
Ich werde sonder Zweifel glücklich sein.
Antonio. Du weißt, mein sämtlich Gut ist auf der See;
Mir fehlt es an Geld und Anstalt, eine Summe
Gleich bar zu heben; also geh, sieh zu,
Was in Venedig mein Kredit vermag:
Den spann ich an bis auf das äußerste,
Nach Belmont dich für Porzia auszustatten.
Geh, frage gleich herum, ich will es auch,
Wo Geld zu haben; ich bin nicht besorgt,
Dass man uns nicht auf meine Bürgschaft borgt.
Beide ab.

ANTONIO. You know me well, and herein spend but time
To wind about my love with circumstance;
And out of doubt you do me now more wrong
In making question of my uttermost
Than if you had made waste of all I have:
Then do but say to me what I should do
That in your knowledge may by me be done,
And I am prest unto it: therefore, speak.
BASSANIO. In Belmont is a lady richly left;
And she is fair, and, fairer than that word,
Of wondrous virtues: sometimes from her eyes
I did receive fair speechless messages:
Her name is Portia, nothing undervalued
To Cato's daughter, Brutus' Portia:
Nor is the wide world ignorant of her worth,
For the four winds blow in from every coast
Renowned suitors, and her sunny locks
Hang on her temples like a golden fleece;
Which makes her seat of Belmont Colchos' strand,
And many Jasons come in quest of her.
O my Antonio, had I but the means
To hold a rival place with one of them,
I have a mind presages me such thrift,
That I should questionless be fortunate!
ANTONIO. Thou know'st that all my fortunes are at sea;
Neither have I money nor commodity
To raise a present sum: therefore go forth;
Try what my credit can in Venice do:
That shall be rack'd, even to the uttermost,
To furnish thee to Belmont, to fair Portia.
Go, presently inquire, and so will I,
Where money is, and I no question make
To have it of my trust or for my sake.
Exeunt

Zweite Szene

Belmont. Ein Zimmer in Porzias Haus.
Porzia und Nerissa kommen.

Porzia. Auf mein Wort, Nerissa,
meine kleine Person ist dieser großen Welt überdrüssig.
Nerissa. Ihr würdet es sein, bestes Fräulein, wenn Euer Ungemach
in ebenso reichem Maß wäre, als Euer gutes Glück ist. Und doch,
nach allem, was ich sehe, sind die ebenso krank, die sich mit allzu
viel überladen, als die bei nichts darben.
Es ist also kein mittelmäßiges Los, im Mittelstand zu sein. Überfluss
kommt eher zu grauen Haaren, aber Auskommen lebt länger.
Porzia. Gute Sprüche, und gut vorgetragen.
Nerissa. Gut befolgt wären sie besser.
Porzia. Wäre tun so leicht als wissen, was gut zu tun ist, so wären
Kapellen Kirchen geworden und armer Leute Hütten Fürstenpaläste.
Der ist ein guter Prediger, der seine eignen Ermahnungen befolgt; –
ich kann leichter zwanzig lehren, was gut zu tun ist, als einer von
den Zwanzigern sein und meine eignen Lehren befolgen.
Das Gehirn kann Gesetze für das Blut aussinnen; aber eine hitzige
Natur springt über eine kalte Vorschrift hinaus. Solch ein Hase ist
Tollheit, der junge Mensch, dass er weghüpft über das Netz des
Krüppels guter Rat. Aber dies Vernünfteln hilft mir nicht dazu, einen
Gemahl zu wählen. O über das Wort *wählen!* Ich kann weder wäh-
len, wen ich will, noch ausschlagen, wen ich nicht mag: so wird der
Wille einer lebenden Tochter durch den letzten Willen eines toten
Vaters gefesselt. Ist es nicht hart, Nerissa, dass ich nicht *einen*
wählen und auch keinen ausschlagen darf?
Nerissa. Euer Vater war allzeit tugendhaft, und fromme Männer haben im Tod gute Eingebungen: also wird die Lotterie, die er mit diesen drei Kästchen von Gold, Silber und Blei ausgesonnen hat, dass
der, welcher seine Mitgift trifft, Euch erhält, ohne Zweifel von niemand recht getroffen werden als von einem, der Euch recht liebt.
Aber welchen Grad von Zuneigung fühlt Ihr gegen irgendeinen der
fürstlichen Freier, die schon gekommen sind?
Porzia. Ich bitte dich, nenne sie her; wie du sie nennst, will ich sie
beschreiben, und von meiner Beschreibung schließe auf meine Zuneigung.
Nerissa. Zuerst ist da der neapolitanische Prinz.
Porzia. Das ist ein wildes Füllen, in der Tat. Er spricht von nichts als
seinem Pferd und bildet sich nicht wenig auf seine Talente ein,

14

SCENE II.

Belmont. A room in PORTIA'S house.
Enter PORTIA and NERISSA.

PORTIA. By my troth, Nerissa,
my little body is aweary of this great world.
NERISSA. You would be, sweet madam, if your miseries were in the same abundance as your good fortunes are: And yet, for aught I see, they are as sick that surfeit with too much as they that starve with nothing. It is no mean happiness therefore, to be seated in the mean: superfluity comes sooner by white hairs, but competency lives longer.
PORTIA. Good sentences and well pronounced.
NERISSA. They would be better, if well followed.
PORTIA. If to do were as easy as to know what were good to do, chapels had been churches and poor men's cottages princes' palaces. It is a good divine that follows his own instructions:
I can easier teach twenty what were good to be done, than be one of the twenty to follow mine own teaching. The brain may devise laws for the blood, but a hot temper leaps o'er a cold decree:
such a hare is madness the youth, to skip o'er the meshes of good counsel the cripple. But this reasoning is not in the fashion to choose me a husband. O me, the word 'choose!'
I may neither choose whom I would nor refuse whom I dislike;
so is the will of a living daughter curbed by the will of a dead father.
Is it not hard, Nerissa, that I cannot choose one nor refuse none?
NERISSA. Your father was ever virtuous; and holy men at their death have good inspirations: therefore the lottery, that he hath devised in these three chests of gold, silver and lead, whereof who chooses his meaning chooses you, will, no doubt, never be chosen by any rightly but one who shall rightly love. But what warmth is there in your affection towards any of these princely suitors that are already come?
PORTIA. I pray thee, over-name them; and as thou namest them, I will describe them;and,according to my description,level at my affection.
NERISSA. First, there is the Neapolitan prince.
PORTIA. Ay, that's a colt indeed, for he doth nothing but talk of his horse; and he makes it a great appropriation to his own good parts,

dass er es selbst beschlagen kann. Ich fürchte sehr, seine gnädige Frau Mutter hat es mit einem Schmied gehalten.

Nerissa. Ferner ist da der Pfalzgraf.

Porzia. Er tut nichts wie Stirnrunzeln, als wollt er sagen: «Wenn Ihr mich nicht haben wollt, so lasst es!»

Er hört lustige Geschichten an und lächelt nicht. Ich fürchte, es wird der weinende Philosoph aus ihm, wenn er alt wird, da er in seiner Jugend so unhöflich finster sieht. Ich möchte lieber an einen Totenkopf mit dem Knochen im Mund verheiratet sein als an einen von diesen. Gott beschütze mich vor beiden!

Nerissa.

Was sagt Ihr denn zu dem französischen Herrn, Monsieur le Bon?

Porzia. Gott schuf ihn, also lasst ihn für einen Menschen gelten.

Im Ernst, ich weiß, dass es sündhaft ist, ein Spötter zu sein; aber er! Ja doch, er hat ein besseres Pferd als der Neapolitaner; eine bessere schlechte Gewohnheit, die Stirn zu runzeln, als der Pfalzgraf; er ist jedermann und niemand. Wenn eine Drossel singt, so macht er gleich Luftsprünge; er ficht mit seinem eigenen Schatten.

Wenn ich ihn nähme, so nähme ich zwanzig Männer; wenn er mich verachtete, so vergäbe ich es ihm: denn er möchte mich bis zur Tollheit lieben, ich werde es niemals erwidern.

Nerissa. Was sagt Ihr denn zu Faulconbridge, dem jungen Baron aus England?

Porzia. Ihr wisst, ich sage nichts zu ihm, denn er versteht mich nicht, noch ich ihn. Er kann weder Lateinisch, Französisch, noch Italienisch; und Ihr dürft wohl einen körperlichen Eid ablegen, dass ich nicht für einen Heller Englisch verstehe. Er ist eines feinen Mannes Bild – aber ach! wer kann sich mit einer stummen Figur unterhalten? Wie seltsam er gekleidet ist! Ich glaube, er kaufte sein Wams in Italien, seine weiten Beinkleider in Frankreich, seine Mütze in Deutschland und sein Betragen allenthalben.

Nerissa.

Was haltet Ihr von dem schottischen Herrn, seinem Nachbar?

Porzia. Dass er eine christliche Nächstenliebe an sich hat, denn er borgte eine Ohrfeige von dem Engländer und schwor, sie wieder zu bezahlen, wenn er imstande wäre; ich glaube, der Franzose ward sein Bürge und unterzeichnete für den andern.

Nerissa. Wie gefällt Euch der junge Deutsche, des Herzogs von Sachsen Neffe?

Porzia. Sehr abscheulich des Morgens, wenn er nüchtern ist, und höchst abscheulich des Nachmittags, wenn er betrunken ist.

that he can shoe him himself.

I am much afeard my lady his mother played false with a smith.

NERISSA. Then there is the County Palatine.

PORTIA. He doth nothing but frown, as who should say 'If you will not have me, choose:' he hears merry tales and smiles not: I fear he will prove the weeping philosopher when he grows old, being so full of unmannerly sadness in his youth.

I had rather be married to a death's-head with a bone in his mouth than to either of these. God defend me from these two!

NERISSA. How say you by the French lord, Monsieur Le Bon?

PORTIA. God made him, and therefore let him pass for a man.

In truth, I know it is a sin to be a mocker: but, he! why, he hath a horse better than the Neapolitan's, a better bad habit of frowning than the Count Palatine; he is every man in no man; if a throstle sing, he falls straight a capering: he will fence with his own shadow. If I should marry him, I should marry twenty husbands. If he would despise me I would forgive him, for if he love me to madness, I shall never requite him.

NERISSA.

What say you, then, to Falconbridge, the young baron of England?

PORTIA. You know I say nothing to him, for he understands not me, nor I him: he hath neither Latin, French, nor Italian, and you will come into the court and swear that I have a poor pennyworth in the English. He is a proper man's picture, but, alas, who can converse with a dumb-show? How oddly he is suited!

I think he bought his doublet in Italy, his round hose in France, his bonnet in Germany and his behavior every where.

NERISSA. What think you of the Scottish lord, his neighbour?

PORTIA. That he hath a neighbourly charity in him, for he borrowed a box of the ear of the Englishman and swore he would pay him again when he was able: I think the Frenchman became his surety and sealed under for another.

NERISSA.

How like you the young German, the Duke of Saxony's nephew?

PORTIA. Very vilely in the morning, when he is sober, and most vilely in the afternoon, when he is drunk.

Wenn er am besten ist, so ist er wenig schlechter als ein Mensch, und wenn er am schlechtesten ist, wenig besser als ein Vieh. Komme das Schlimmste, was da will, ich hoffe, es soll mir doch glücken, ihn loszuwerden.

Nerissa. Wenn er sich erböte zu wählen und wählte das rechte Kästchen, so schlügt Ihr ab, Eures Vaters Willen zu tun, wenn Ihr abschlügt, ihn zu nehmen.

Porzia. Aus Furcht vor dem Schlimmsten bitte ich dich also, setze einen Römer voll Rheinwein auf das falsche Kästchen; denn wenn der Teufel darin steckt, und diese Versuchung ist von außen daran, so weiß ich, er wird es wählen.
Alles lieber, Nerissa, als einen Schwamm heiraten.

Nerissa. Ihr braucht nicht zu fürchten, Fräulein, dass Ihr einen von diesen Herren bekommt; sie haben mir ihren Entschluss eröffnet, welcher in nichts anderem besteht, als sich nach Hause zu begeben und Euch nicht mehr mit Bewerbungen lästig zu fallen, Ihr müsstet denn auf eine andre Weise zu gewinnen sein als nach Eures Vaters Vorschrift in Ansehung der Kästchen.

Porzia. Sollte ich so alt werden wie Sibylla, will ich doch so keusch sterben wie Diana, wenn ich nicht dem letzten Willen meines Vaters gemäß erworben werde. Ich bin froh,dass diese Partei Freier so vernünftig ist; denn es ist nicht einer darunter, nach dessen Abwesenheit mich nicht sehnlichst verlangt, und ich bitte Gott, ihnen eine glückliche Reise zu verleihen.

Nerissa. Erinnert Ihr Euch nicht, Fräulein, von Eures Vaters Lebzeiten eines Venezianers,eines Studierten und Kavaliers, der in Gesellschaft des Marquis von Montferrat hierher kam?

Porzia. Ja, es war Bassanio: so, denke ich, nannte er sich.

Nerissa. Ganz recht, Fräulein. Von allen Männern, die meine törichten Augen jemals erblickt haben,war er einer schönen Frau am meisten wert.

Porzia. Ich erinnere mich seiner wohl und erinnre mich,dass er dein Lob verdient. *(Ein Diener kommt.)* Nun, was gibt es Neues?

Bedienter. Die vier Fremden suchen Euch, Fräulein, um Abschied zu nehmen; und es ist ein Vorläufer von einem fünften da, vom Prinzen von Marokko, der Nachricht bringt, dass sein Herr, der Prinz, zu Nacht hier sein wird.

Porzia. Könnte ich den fünften mit so gutem Herzen willkommen heißen, als ich den vier andern Lebewohl sage, so wollte ich mich seiner Ankunft freuen.Hat er das Gemüt eines Heiligen und das Geblüt eines Teufels, wollte ich lieber, er weihte mich,als er freite mich.

When he is best, he is a little worse than a man, and when he is worst, he is little better than a beast.

And the worst fall that ever fell, I hope I shall make shift to go without him.

NERISSA. If he should offer to choose, and choose the right casket, you should refuse to perform your father's will, if you should refuse to accept him.

PORTIA. Therefore, for fear of the worst, I pray thee, set a deep glass of rhenish wine on the contrary casket, for if the devil be within and that temptation without, I know he will choose it.

I will do any thing, Nerissa, ere I'll be married to a sponge.

NERISSA. You need not fear, lady, the having any of these lords: they have acquainted me with their determinations; which is, indeed, to return to their home and to trouble you with no more suit, unless you may be won by some other sort than your father's imposition depending on the caskets.

PORTIA. If I live to be as old as Sibylla,I will die as chaste as Diana, unless I be obtained by the manner of my father's will. I am glad this parcel of wooers are so reasonable,for there is not one among them but I dote on his very absence, and I pray God grant them a fair departure.

NERISSA. Do you not remember,lady, in your father's time, a Venetian, a scholar and a soldier, that came hither in company of the Marquis of Montferrat?

PORTIA. Yes, yes, it was Bassanio; as I think, he was so called.

NERISSA. True, madam: he, of all the men that ever my foolish eyes looked upon, was the best deserving a fair lady.

PORTIA. I remember him well, and I remember him worthy of thy praise. (*Enter a Serving-man.*) How now! what news?

Servant. The four strangers seek for you,madam,to take their leave: and there is a forerunner come from a fifth, the Prince of Morocco, who brings word the prince his master will be here to-night.

PORTIA. If I could bid the fifth welcome with so good a heart as I can bid the other four farewell, I should be glad of his approach:

if he have the condition of a saint and the complexion of a devil, I had rather he should shrive me than wive me.

Komm, Nerissa. – Geht voran, Bursche.
Derweil wir die Pforte hinter einem Freier verschließen, klopft ein
andrer an die Tür. *Alle ab.*

Dritte Szene
Venedig. Ein öffentlicher Platz.
Bassanio und Shylock treten auf.

Shylock. Dreitausend Dukaten – gut.
Bassanio. Ja, Herr, auf drei Monate.
Shylock. Auf drei Monate – gut.
Bassanio. Wofür, wie ich Euch sagte, Antonio Bürge sein soll.
Shylock. Antonio Bürge sein soll – gut.
Bassanio. Könnt Ihr mir helfen? Wollt Ihr mir gefällig sein?
Soll ich Eure Antwort wissen?
Shylock.
Dreitausend Dukaten, auf drei Monate, und Antonio Bürge.
Bassanio. Eure Antwort darauf?
Shylock. Antonio ist ein guter Mann.
Bassanio. Habt Ihr irgendeine Beschuldigung des Gegenteils wider
ihn gehört?
Shylock. Ei nein, nein, nein! Wenn ich sage, er ist ein guter Mann,
so meine ich damit, versteht mich, dass er vermögend ist.
Aber seine Mittel stehen auf Hoffnung; er hat eine Galeone, die auf
Tripolis geht, eine andre nach Indien. Ich höre ferner auf dem Rialto,
dass er eine dritte zu Mexiko hat, eine vierte nach England – und so
hat er noch andre Auslagen in der Fremde verstreut. Aber Schiffe
sind nur Bretter, Matrosen sind nur Menschen; es gibt Landratten
und Wasserratten, Wasserdiebe und Landdiebe – ich will sagen,
Korsaren, und dann haben wir die Gefahr von Wind, Wellen und
Klippen. –Der Mann ist bei alledem vermögend – dreitausend Duka-
ten – ich denke, ich kann seine Bürgschaft annehmen.
Bassanio. Seid versichert, Ihr könnt es.
Shylock. Ich will versichert sein, dass ich es kann; und damit ich
versichert sein kann, will ich mich bedenken.
Kann ich Antonio sprechen?
Bassanio. Wenn es Euch beliebt, mit uns zu speisen.
Shylock. Ja,um Schinken zu riechen, von der Behausung zu essen,
wo euer Prophet, der Nazarener, den Teufel hineinbeschwor.
Ich will mit euch handeln und wandeln, mit euch stehen und gehen,
und was dergleichen mehr ist; aber ich will nicht mit euch essen,

Come, Nerissa. Sirrah, go before.
Whiles we shut the gates upon one wooer, another knocks at the door. *Exeunt.*

SCENE III.
Venice. A public place.
Enter BASSANIO and SHYLOCK.

SHYLOCK. Three thousand ducats; well.
BASSANIO. Ay, sir, for three months.
SHYLOCK. For three months; well.
BASSANIO. For the which, as I told you, Antonio shall be bound.
SHYLOCK. Antonio shall become bound; well.
BASSANIO. May you stead me? Will you pleasure me?
Shall I know your answer?
SHYLOCK.
Three thousand ducats for three months and Antonio bound.
BASSANIO. Your answer to that.
SHYLOCK. Antonio is a good man.
BASSANIO. Have you heard any imputation to the contrary?
SHYLOCK. Oh, no, no, no, no: my meaning in saying he is a good man is to have you understand me that he is sufficient.
Yet his means are in supposition: he hath an argosy bound to Tripolis, another to the Indies; I understand moreover, upon the Rialto, he hath a third at Mexico, a fourth for England, and other ventures he hath, squandered abroad. But ships are but boards, sailors but men: there be land-rats and water-rats, water-thieves and land-thieves, I mean pirates, and then there is the peril of waters, winds and rocks. The man is, notwithstanding, sufficient.
Three thousand ducats; I think I may take his bond.
BASSANIO. Be assured you may.
SHYLOCK. I will be assured I may; and, that I may be assured, I will bethink me. May I speak with Antonio?
BASSANIO. If it please you to dine with us.
SHYLOCK. Yes, to smell pork; to eat of the habitation which your prophet the Nazarite conjured the devil into. I will buy with you, sell with you, talk with you, walk with you, and so following, but I will not eat with you,

mit euch trinken, noch mit euch beten.
Was gibt es Neues auf dem Rialto? – Wer kommt da?
Antonio kommt.
Bassanio. Das ist Signore Antonio.
Shylock *(für sich).*
Wie sieht er einem falschen Zöllner gleich!
Ich hasse ihn, weil er von den Christen ist,
Doch mehr noch, weil er aus gemeiner Einfalt
Umsonst Geld ausleiht und hier in Venedig
Den Preis der Zinsen uns herunterbringt.
Wenn ich ihm mal die Hüfte rühren kann,
So tu ich meinem alten Grolle gütlich.
Er hasst mein heiliges Volk und schilt selbst da,
Wo alle Kaufmannschaft zusammenkommt
Mich, mein Geschäft und rechtlichen Gewinn,
Den er nur Wucher nennt. Verflucht mein Stamm,
Wenn ich ihm je vergebe!
Bassanio. Shylock, hört Ihr?
Shylock. Ich überlege meinen baren Vorrat;
Doch, wie ich's ungefähr im Kopf habe,
Kann ich die volle Summe von dreitausend
Dukaten nicht gleich schaffen. – Nun, was tut's?
Tubal, ein wohlbegüterter Hebräer,
Hilft mir schon aus. – Doch still! auf wieviel Monat
Begehrt Ihr? – *(Zu Antonio.)* Geht es Euch wohl, mein werter Herr!
Von Eueren Edlen war die Rede eben.
Antonio. Shylock, wiewohl ich weder leih noch borge,
Um Überschuss zu geben oder nehmen,
Doch will ich, weil mein Freund es dringend braucht,
Die Sitte brechen. – Ist er unterrichtet, wieviel Ihr wünscht?
Shylock. Ja, ja, dreitausend Dukaten.
Antonio. Und auf drei Monat.
Shylock. Ja, das vergaß ich – auf drei Monat also.
Nun gut denn, Eure Bürgschaft! lasst mich sehn –
Doch hört mich an; Ihr sagtet, wie ich glaube,
Dass Ihr auf Vorteil weder leiht noch borgt.
Antonio. Ich pfleg es nie.
Shylock. Als Jakob Labans Schafe hütete –
Er war nach unserm Heiligen Abraham,
Weil seine Mutter weislich für ihn schaffte,
Der dritte Erbe – ja, ganz recht, der dritte –

22

drink with you, nor pray with you. What
news on the Rialto? Who is he comes here?
Enter ANTONIO
BASSANIO. This is Signior Antonio.
SHYLOCK. [Aside] How like a fawning publican he looks!
I hate him for he is a Christian,
But more for that in low simplicity
He lends out money gratis and brings down
The rate of usance here with us in Venice.
If I can catch him once upon the hip,
I will feed fat the ancient grudge I bear him.
He hates our sacred nation, and he rails,
Even there where merchants most do congregate,
On me, my bargains and my well-won thrift,
Which he calls interest. Cursed be my tribe,
If I forgive him!
BASSANIO. Shylock, do you hear?
SHYLOCK. I am debating of my present store,
And, by the near guess of my memory,
I cannot instantly raise up the gross
Of full three thousand ducats. What of that?
Tubal, a wealthy Hebrew of my tribe,
Will furnish me. But soft! how many months
Do you desire? (*To ANTONIO.*)Rest you fair, good signior!
Your worship was the last man in our mouths.
ANTONIO. Shylock, although I neither lend nor borrow
By taking nor by giving of excess,
Yet, to supply the ripe wants of my friend,
I'll break a custom. Is he yet possess'd
How much ye would?
SHYLOCK. Ay, ay, three thousand ducats.
ANTONIO. And for three months.
SHYLOCK. I had forgot; three months; you told me so.
Well then, your bond; and let me see; but hear you;
Methought you said you neither lend nor borrow
Upon advantage.
ANTONIO. I do never use it.
SHYLOCK. When Jacob grazed his uncle Laban's sheep--
This Jacob from our holy Abram was,
As his wise mother wrought in his behalf,
The third possessor; ay, he was the third--

Antonio. Was tut das hier zur Sache? Nahm er Zinsen?
Shylock. Nein, keine Zinsen; was man Zinsen nennt,
Das grade nicht; gebt acht, was Jakob tat:
Als er mit Laban sich verglichen hatte,
Was von den Lämmern bunt und sprenklicht fiele,
Das sollte Jakobs Lohn sein, kehrten sich
Im Herbst die brünstgen Mütter zu den Widdern;
Und wenn nun zwischen dieser wolligen Zucht
Das Werk der Zeugung vor sich ging, so schälte
Der kluge Schäfer Euch gewisse Stäbe,
Und weil sie das Geschäft der Paarung trieben,
Steckt' er sie vor den geilen Müttern auf,
Die so empfingen; und zur Lämmerzeit
Fiel alles buntgesprengt und wurde Jakobs.
So kam er zum Gewinn und ward gesegnet:
Gewinn ist Segen, wenn man ihn nicht stiehlt.
Antonio. Dies war ein Glücksfall, worauf Jakob diente;
In seiner Macht stand es nicht, es zu bewirken;
Des Himmels Hand regiert' und lenkt' es so.
Steht dies, um Zinsen gutzuheißen, da?
Und ist Euer Gold und Silber Schaf und Widder?
Shylock. Weiß nicht; ich lasse es eben schnell sich mehren.
Doch hört mich an, Signore.
Antonio. Siehst du, Bassanio,
Der Teufel kann sich auf die Schrift berufen.
Ein arg Gemüt, das heiliges Zeugnis vorbringt,
Ist wie ein Schalk mit Lächeln auf der Wange,
Ein schöner Apfel, in dem Herzen faul.
O wie der Falschheit Außenseite glänzt!
Shylock. Dreitausend Dukaten – 's ist 'ne runde Summe.
Drei Monde auf zwölf – lasst sehen, was das bringt. –
Antonio. Nun, Shylock, soll man Euch verpflichtet sein?
Shylock. Signore Antonio, viel und oftmals
Habt Ihr auf dem Rialto mich geschmäht
Um meine Gelder und um meine Zinsen;
Stets trug ich's mit geduldigem Achselzucken,
Denn Dulden ist das Erbteil unsers Stamms.
Ihr scheltet mich abtrünnig, einen Bluthund,
Und speit auf meinen jüdischen Rockelor,
Bloß weil ich nutze, was mein eigen ist.
Gut denn, nun zeigt es sich, dass Ihr meine Hilfe braucht.

ANTONIO. And what of him? Did he take interest?
SHYLOCK. No, not take interest, not, as you would say,
Directly interest: mark what Jacob did.
When Laban and himself were compromised
That all the eanlings which were streak'd and pied
Should fall as Jacob's hire, the ewes, being rank,
In the end of autumn turned to the rams,
And, when the work of generation was
Between these woolly breeders in the act,
The skilful shepherd peel'd me certain wands,
And, in the doing of the deed of kind,
He stuck them up before the fulsome ewes,
Who then conceiving did in eaning time
Fall parti-colour'd lambs, and those were Jacob's.
This was a way to thrive, and he was blest:
And thrift is blessing, if men steal it not.
ANTONIO. This was a venture, sir, that Jacob served for;
A thing not in his power to bring to pass,
But sway'd and fashion'd by the hand of heaven.
Was this inserted to make interest good?
Or is your gold and silver ewes and rams?
SHYLOCK. I cannot tell; I make it breed as fast:
But note me, signior.
ANTONIO. Mark you this, Bassanio,
The devil can cite Scripture for his purpose.
An evil soul producing holy witness
Is like a villain with a smiling cheek,
A goodly apple rotten at the heart:
O, what a goodly outside falsehood hath!
SHYLOCK. Three thousand ducats; 'tis a good round sum.
Three months from twelve; then, let me see; the rate--
ANTONIO. Well, Shylock, shall we be beholding to you?
SHYLOCK. Signior Antonio, many a time and oft
In the Rialto you have rated me
About my moneys and my usances:
Still have I borne it with a patient shrug,
For sufferance is the badge of all our tribe.
You call me misbeliever, cut-throat dog,
And spit upon my Jewish gaberdine,
And all for use of that which is mine own.
Well then, it now appears you need my help.

25

Da habt Ihr's; Ihr kommt zu mir, und Ihr sprecht:
«Shylock, wir wünschten Gelder.» So sprecht Ihr,
Der mir den Auswurf auf den Bart geleert
Und mich getreten, wie Ihr von der Schwelle
Den fremden Hund stoßt; Geld ist Euer Begehren,
Wie sollt ich sprechen nun? Sollt ich nicht sprechen:
«Hat ein Hund Geld? Ist's möglich, dass ein Spitz
Dreitausend Dukaten leihen kann?» oder soll ich
Mich bücken und in eines Schuldners Ton,
Demütig wispernd, mit verhaltenem Odem,
So sprechen: «Schöner Herr, am letzten Mittwoch
Spiet Ihr mich an; Ihr tratet mich den Tag;
Ein andermal hießt Ihr mich einen Hund;
Für diese Höflichkeiten will ich Euch
Die und die Gelder leihen.»
Antonio. Ich könnte leicht wieder so dich nennen,
Dich wieder anspeien, ja mit Füßen treten.
Willst du dies Geld uns leihen, leih es nicht
Als deinen Freunden (denn wann nahm die Freundschaft
Vom Freund Ertrag für unfruchtbar Metall?);
Nein, leih es lieber deinem Feind; du kannst,
Wenn er versäumt, mit besserer Stirn eintreiben,
Was dir verfallen ist.
Shylock. Nun seht mir, wie Ihr stürmt!
Ich wollt Euch Liebes tun, Freund mit Euch sein,
Die Schmach vergessen, die Ihr mir getan,
Das Nötige schaffen und keinen Heller Zins
Für meine Gelder nehmen; und Ihr hört nicht:
Mein Antrag ist doch liebreich.
Antonio. Ja, das wär er.
Shylock. Und diese Liebe will ich Euch erweisen.
Geht mit mir zum Notarius, da zeichnet
Mir Eure Schuldverschreibung; und zum Spaß,
Wenn Ihr mir nicht auf den bestimmten Tag
An dem bestimmten Ort die und die Summe,
Wie der Vertrag nun lautet, wiederzahlt:
Lasst uns ein volles Pfund von Eurem Fleisch
Zur Buße setzen, das ich schneiden dürfe
Aus welchem Teil von Eurem Leib ich will.
Antonio. Es sei, aufs Wort! Ich will den Schein so zeichnen
Und sagen, dass ein Jude liebreich ist.

Go to, then; you come to me, and you say
'Shylock, we would have moneys:' you say so;
You, that did void your rheum upon my beard
And foot me as you spurn a stranger cur
Over your threshold: moneys is your suit
What should I say to you? Should I not say
'Hath a dog money? is it possible
A cur can lend three thousand ducats?' Or
Shall I bend low and in a bondman's key,
With bated breath and whispering humbleness, Say this;
'Fair sir, you spit on me on Wednesday last;
You spurn'd me such a day; another time
You call'd me dog; and for these courtesies
I'll lend you thus much moneys'?
ANTONIO. I am as like to call thee so again,
To spit on thee again, to spurn thee too.
If thou wilt lend this money, lend it not
As to thy friends; for when did friendship take
A breed for barren metal of his friend?
But lend it rather to thine enemy,
Who, if he break, thou mayst with better face
Exact the penalty.
SHYLOCK. Why, look you, how you storm!
I would be friends with you and have your love,
Forget the shames that you have stain'd me with,
Supply your present wants and take no doit
Of usance for my moneys, and you'll not hear me:
This is kind I offer.
BASSANIO. This were kindness.
SHYLOCK. This kindness will I show.
Go with me to a notary, seal me there
Your single bond; and, in a merry sport,
If you repay me not on such a day,
In such a place, such sum or sums as are
Express'd in the condition, let the forfeit
Be nominated for an equal pound
Of your fair flesh, to be cut off and taken
In what part of your body pleaseth me.
ANTONIO. Content, i' faith: I'll seal to such a bond
And say there is much kindness in the Jew.

Bassanio. Ihr sollt für mich dergleichen Schein nicht zeichnen:
Ich bleibe dafür lieber in der Not.
Antonio. Ei, fürchte nichts! Ich werde nicht verfallen;
Schon in zwei Monden, einen Monat früher
Als die Verschreibung fällig, kommt gewiss
Zehnfältig der Betrag davon mir ein.
Shylock. O Vater Abraham! über diese Christen,
Die eigne Härte anderer Gedanken
Argwöhnen lehrt! Ich bitt Euch, sagt mir doch
Versäumt er seinen Tag, was hätt ich dran,
Die mir verfallene Buße einzutreiben?
Ein Pfund von Menschenfleisch, von einem Menschen
Genommen, ist so schätzbar, auch so nutzbar nicht
Als Fleisch von Schöpsen, Ochsen, Ziegen. Seht,
Ihm zu Gefallen biet ich diesen Dienst:
Wenn er ihn annimmt, gut; wo nicht, lebt wohl!
Und, bitt Euch, kränkt mich nicht für meine Liebe.
Antonio. Ja, Shylock, ich will diesen Schein dir zeichnen.
Shylock. So trefft mich gleich im Hause des Notars,
Gebt zu dem lustigen Schein ihm Anweisung;
Ich gehe, die Dukaten einzusacken,
Nach meinem Haus zu sehen, das in der Hut
Von einem lockern Buben hinterblieb,
Und will im Augenblicke bei Euch sein.
Antonio. So eil dich, wackrer Jude. – *Shylock ab.*
Der Hebräer wird noch ein Christ; er wendet sich zur Güte.
Bassanio. Ich mag nicht Freundlichkeit bei tückischem Gemüte.
Antonio. Kommt nur! Hierbei kann kein Bedenken sein,
Längst vor der Zeit sind meine Schiff herein. *Ab.*

Zweiter Aufzug
Erste Szene
Belmont. Ein Zimmer in Porzias Haus.
Trompetenstoß. Der Prinz von Marokko und sein Zug; Porzia,
Nerissa und andre von ihrem Gefolge treten auf.

Marokko. Verschmähet mich ob meiner Farbe nicht,
Die schattige Livrei der lichten Sonne,
Die mich als nahen Nachbar hat gepflegt.
Bringt mir den schönsten Mann, erzeugt im Norden,
Wo Phöbus' Glut kaum schmelzt des Eises Zacken,

BASSANIO. You shall not seal to such a bond for me:
I'll rather dwell in my necessity.
ANTONIO. Why, fear not, man; I will not forfeit it:
Within these two months, that's a month before
This bond expires, I do expect return
Of thrice three times the value of this bond.
SHYLOCK. O father Abram, what these Christians are,
Whose own hard dealings teaches them suspect
The thoughts of others! Pray you, tell me this;
If he should break his day, what should I gain
By the exaction of the forfeiture?
A pound of man's flesh taken from a man
Is not so estimable, profitable neither,
As flesh of muttons, beefs, or goats. I say,
To buy his favour, I extend this friendship:
If he will take it, so; if not, adieu;
And, for my love, I pray you wrong me not.
ANTONIO. Yes Shylock, I will seal unto this bond.
SHYLOCK. Then meet me forthwith at the notary's;
Give him direction for this merry bond,
And I will go and purse the ducats straight,
See to my house, left in the fearful guard
Of an unthrifty knave, and presently
I will be with you.
ANTONIO. Hie thee, gentle Jew. *Exit Shylock.*
The Hebrew will turn Christian: he grows kind.
BASSANIO. I like not fair terms and a villain's mind.
ANTONIO. Come on: in this there can be no dismay;
My ships come home a month before the day. *Exeunt.*

ACT II.
SCENE I.
Belmont. A room in PORTIA'S house.
Flourish of cornets. Enter the PRINCE OF MOROCCO and his train;
PORTIA, NERISSA, and others attending.

MOROCCO. Mislike me not for my complexion,
The shadow'd livery of the burnish'd sun,
To whom I am a neighbour and near bred.
Bring me the fairest creature northward born,
Where Phoebus' fire scarce thaws the icicles,

Und ritzen wir uns Euch zulieb die Haut,
Wes Blut am rötsten ist, meins oder seins.
Ich sag Euch, Fräulein, dieses mein Gesicht
Hat Tapfere schon geschreckt; bei meiner Liebe schwör ich,
Die edlen Jungfrauen meines Landes haben
Es auch geliebt; ich wollte diese Farbe
Nicht anders tauschen, als um Euren Sinn
Zu stehlen, meine holde Königin.
Porzia. Bei meiner Wahl lenkt mich ja nicht allein
Die zarte Forderung eines Mädchenauges;
Auch schließt das Los, woran mein Schicksal hängt,
Mich von dem Recht des freien Wählens aus.
Doch, hätte mich mein Vater nicht beengt,
Mir auferlegt durch seinen Willen, dem
Zur Gattin mich zu geben, welcher mich
Auf solche Art gewinnt, wie ich Euch sagte:
Ihr hättet gleichen Anspruch, großer Prinz,
Mit jedem Freier, den ich sah bis jetzt,
Auf meine Neigung.
Marokko. Habt auch dafür Dank.
Drum führt mich zu den Kästchen, dass ich gleich
Mein Glück versuche. Bei diesem Säbel, der
Den Sophi schlug und einen Perserprinz,
Der dreimal Sultan Soliman besiegt:
Die wildesten Augen wollt ich überblitzen,
Das kühnste Herz auf Erden übertrotzen,
Die Jungen reißen von der Bärin weg,
Ja, wenn er brüllt nach Raub, den Löwen höhnen,
Dich zu gewinnen, Fräulein! Aber ach!
Wenn Herkules und Lichas Würfel spielen,
Wer tapfrer ist, so kann der bessere Wurf
Durch Zufall kommen aus der schwächeren Hand;
So unterliegt Alcides seinem Knaben,
Und so kann ich, wenn blindes Glück mich führt,
Verfehlen, was dem minder Würdigen wird,
Und Grames sterben.
Porzia. Ihr müsst Euer Schicksal nehmen,
Es überhaupt nicht wagen, oder schwören,
Bevor Ihr wählet, wenn Ihr irrig wählt,
In Zukunft nie mit irgendeiner Frau
Von Ehe zu sprechen: also seht Euch vor!

And let us make incision for your love,
To prove whose blood is reddest, his or mine.
I tell thee, lady, this aspect of mine
Hath fear'd the valiant: by my love I swear
The best-regarded virgins of our clime
Have loved it too: I would not change this hue,
Except to steal your thoughts, my gentle queen.
PORTIA. In terms of choice I am not solely led
By nice direction of a maiden's eyes;
Besides, the lottery of my destiny
Bars me the right of voluntary choosing:
But if my father had not scanted me
And hedged me by his wit, to yield myself
His wife who wins me by that means I told you,
Yourself, renowned prince, then stood as fair
As any comer I have look'd on yet
For my affection.
MOROCCO. Even for that I thank you:
Therefore, I pray you, lead me to the caskets
To try my fortune. By this scimitar
That slew the Sophy and a Persian prince
That won three fields of Sultan Solyman,
I would outstare the sternest eyes that look,
Outbrave the heart most daring on the earth,
Pluck the young sucking cubs from the she-bear,
Yea, mock the lion when he roars for prey,
To win thee, lady. But, alas the while!
If Hercules and Lichas play at dice
Which is the better man, the greater throw
May turn by fortune from the weaker hand:
So is Alcides beaten by his page;
And so may I, blind fortune leading me,
Miss that which one unworthier may attain,
And die with grieving.
PORTIA. You must take your chance,
And either not attempt to choose at all
Or swear before you choose, if you choose wrong
Never to speak to lady afterward
In way of marriage: therefore be advised!

Marokko. Ich will's auch nicht,
Kommt, bringt mich zur Entscheidung.
Porzia. Vorher zum Tempel;
Nach der Mahlzeit mögt Ihr das Los versuchen.
Marokko. Gutes Glück also!
Bald über alles elend oder froh. *Alle ab.*

<h2 style="text-align:center">Zweite Szene</h2>
Venedig. Eine Straße.
Lanzelot Gobbo kommt.

Lanzelot. Sicherlich, mein Gewissen lässt mir's zu, von diesem Juden, meinem Herrn, wegzulaufen. Der böse Feind ist mir auf der Ferse und versucht mich und sagt zu mir: «Gobbo, Lanzelot Gobbo, guter Lanzelot», oder «Guter Gobbo», oder «Guter Lanzelot Gobbo, brauch deine Beine, reiß aus, lauf davon.» Mein Gewissen sagt: «Nein, hüte dich, ehrlicher Lanzelot; hüte dich, ehrlicher Gobbo»; oder, wie obgemeldet, «ehrlicher Lanzelot Gobbo; lauf nicht, lasse das Ausreißen bleiben.» Gut, der überaus herzhafte Feind heißt mich aufpacken; «Marsch!» sagt der Feind; «fort!» sagt der Feind; «um des Himmels willen! fasse dir ein wackeres Herz», sagt der Feind, «und lauf». Gut, mein Gewissen hängt sich meinem Herzen um den Hals und sagt sehr weislich zu mir: «Mein ehrlicher Freund Lanzelot, da du eines ehrlichen Mannes Sohn bist», oder vielmehr eines ehrlichen Weibes Sohn; denn die Wahrheit zu sagen, mein Vater hatte einen kleinen Beigeschmack, er war etwas ansäuerlich. Gut, mein Gewissen sagt: «Lanzelot, weich und wanke nicht!» «Weiche», sagt der Feind; «wanke nicht», sagt mein Gewissen. Gewissen», sage ich, «dein Rat ist gut»; «Feind», sage ich, «dein Rat ist gut». Lasse ich mich durch mein Gewissen regieren, so bleibe ich bei dem Juden, meinem Herrn, der, Gott sei mir gnädig! Eine Art von Teufel ist. Laufe ich von dem Juden weg, so lasse ich mich durch den bösen Feind regieren, der, mit Respekt zu sagen, der Teufel selber ist. Gewiss, der Jude ist der wahre eingefleischte Teufel, und, auf mein Gewissen, mein Gewissen ist gewissermaßen ein hartherziges Gewissen, dass es mir raten will, bei dem Juden zu bleiben. Der Feind gibt mir einen freundschaftlichen Rat; ich will laufen, Feind! meine Fersen stehen dir zu Gebote, ich will laufen.
Der alte Gobbo kommt mit einem Korb.
Gobbo. Musje, junger Herr, Er da, sei Er doch so gut: wo gehe ich wohl zu des Herrn Juden Haus hin?

32

MOROCCO. Nor will not. Come, bring me unto my chance.
PORTIA. First, forward to the temple:
After dinner your hazard shall be made.
MOROCCO. Good fortune then!
To make me blest or cursed'st among men. *Cornets, and exeunt.*

SCENE II.
Venice. A street.
Enter LAUNCELOT.

LAUNCELOT. Certainly my conscience will serve me to run from this Jew my master. The fiend is at mine elbow and tempts me saying to me 'Gobbo, Launcelot Gobbo, good Launcelot,' or 'good Gobbo,' or good Launcelot Gobbo, use your legs, take the start, run away. My conscience says 'No; take heed,' honest Launcelot; take heed, honest Gobbo, or, as aforesaid, 'honest Launcelot Gobbo; do not run; scorn running with thy heels.' Well, the most courageous fiend bids me pack: 'Via!' says the fiend; 'away!' says the fiend; 'for the heavens, rouse up a brave mind,' says the fiend, 'and run.' Well, my conscience, hanging about the neck of my heart, says very wisely to me 'My honest friend Launcelot, being an honest man's son,' or rather an honest woman's son; for, indeed, my father did something smack, something grow to, he had a kind of taste; well, my conscience says 'Launcelot, budge not.'
'Budge,' says the fiend. 'Budge not,' says my conscience.
'Conscience,' say I, 'you counsel well;' ' Fiend,' say I, 'you counsel well:' to be ruled by my conscience, I should stay with the Jew my master, who, God bless the mark, is a kind of devil; and, to run away from the Jew, I should be ruled by the fiend, who, saving your reverence, is the devil himself. Certainly the Jew is the very devil incarnal; and, in my conscience, my conscience is but a kind of hard conscience, to offer to counsel me to stay with the Jew. The fiend gives the more friendly counsel: I will run, fiend; my heels are at your command; I will run.
Enter Old GOBBO, with a basket.
GOBBO. Master young man, you, I pray you, which is the way to master Jew's?

Lanzelot *(beiseite).*
O Himmel! mein eheleiblicher Vater, der zwar nicht pfahlblind, aber doch so ziemlich stockblind ist und mich nicht kennt.
Ich will mir einen Spaß mit ihm machen.
Gobbo. Musje, junger Herr, sei Er so gut: wo gehe ich zu des Herrn Juden seinem Hause hin?
Lanzelot. Schlagt Euch rechter Hand an der nächsten Ecke,aber bei der allernächsten Ecke linker Hand; versteht, bei der ersten nächsten Ecke schlagt Euch weder rechts noch links, sondern dreht Euch schnurgerade aus nach des Juden seinem Hause herum.
Gobbo. Potz Wetterchen, das wird ein schlimmer Weg zu finden sein. Könnt Ihr mir nicht sagen, ob ein gewisser Lanzelot, der sich bei ihm aufhält, sich bei ihm aufhält oder nicht?
Lanzelot. Sprecht Ihr vom jungen MonsieurLanzelot? *Beiseite.*
Nun gebt Acht, nun will ich loslegen.
Sprecht Ihr vom jungen Monsieur Lanzelot?
Gobbo. Kein Monsieur, Herr, sondern eines armen Mannes Sohn.
Sein Vater, ob ich es schon sage, ist ein herzlich armer Mann und, Gott sei Dank, recht wohlauf.
Lanzelot. Gut, sein Vater mag sein, was er will; hier ist die Rede vom jungen Monsieur Lanzelot.
Gobbo. Eurem gehorsamen Diener und Lanzelot, Herr.
Lanzelot. Ich bitte Euch demnach, alter Mann, demnach ersuche ich Euch: sprecht Ihr vom jungen Monsieur Lanzelot?
Gobbo. Von Lanzelot, wenn's Euer Gnaden beliebt.
Lanzelot. Demnach Monsieur Lanzelot. Sprecht nicht von Monsieur Lanzelot, Vater; denn der junge Herr ist (vermöge der Schickungen und Verhängnisse und solcher wunderlichen Redensarten, der drei Schwestern und dergleichen Fächern der Gelehrtheit) in Wahrheit Todes verblichen oder, um es rund herauszusagen, in die Ewigkeit gegangen.
Gobbo. Je, da sei Gott vor!
Der Junge war so recht der Stab meines Alters,meine beste Stütze.
Lanzelot. Sehe ich wohl aus wie ein Knittel oder wie ein Zaunpfahl, wie ein Stab oder eine Stütze? – Kennt Ihr mich, Vater?
Gobbo. Ach du liebe Zeit, ich kenne Euch nicht, junger Herr; aber ich bitte Euch, sagt mir, ist mein Junge – Gott hab ihn selig! – lebendig oder tot?
Lanzelot. Kennt Ihr mich nicht, Vater?
Gobbo. Lieber Himmel! ich bin ein alter blinder Mann, ich kenne Euch nicht.

LAUNCELOT. [Aside]

O heavens, this is my true-begotten father! who, being more than sand-blind, high-gravel blind, knows me not.

I will try confusions with him.

GOBBO. Master young gentleman, I pray you, which is the way to master Jew's?

LAUNCELOT. Turn up on your right hand at the next turning, but, at the next turning of all, on your left; marry, at the very next turning, turn of no hand, but turn down indirectly to the Jew's house.

GOBBO. By God's sonties, 'twill be a hard way to hit.

Can you tell me whether one Launcelot, that dwells with him, dwell with him or no?

LAUNCELOT. Talk you of young Master Launcelot? *Aside.*

Mark me now; now will I raise the waters.

Talk you of young Master Launcelot?

GOBBO. No master, sir, but a poor man's son: his father though I say it, is an honest exceeding poor man and, God be thanked, well to live.

LAUNCELOT. Well, let his father be what a' will, we talk of young Master Launcelot.

GOBBO. Your worship's friend and Launcelot, sir.

LAUNCELOT. But I pray you, ergo, old man, ergo, I beseech you, talk you of young Master Launcelot?

GOBBO. Of Launcelot, an't please your mastership.

LAUNCELOT. Ergo, Master Launcelot.

Talk not of Master Launcelot, father; for the young gentleman, according to Fates and Destinies and such odd sayings, the Sisters Three and such branches of learning, is indeed deceased, or, as you would say in plain terms, gone to heaven.

GOBBO. Marry, God forbid! the boy was the very staff of my age, my very prop.

LAUNCELOT. Do I look like a cudgel or a hovel-post, a staff or a prop? Do you know me, father?

GOBBO. Alack the day, I know you not, young gentleman: but, I pray you, tell me, is my boy, God rest his soul, alive or dead?

LAUNCELOT. Do you not know me, father?

GOBBO. Alack, sir, I am sand-blind; I know you not.

Lanzelot. Nun wahrhaftig, wenn Ihr auch Eure Augen hättet, so könntet Ihr mich doch wohl nicht kennen; das ist ein weiser Vater, der sein eignes Kind kennt. Gut, alter Mann, ich will Euch Nachricht von Eurem Sohne geben. Gebt mir Euren Segen! Wahrheit muss ans Licht kommen. Ein Mord kann nicht lange verborgen bleiben, eines Menschen Sohn kann's; aber zuletzt muss die Wahrheit heraus.

Gobbo. Ich bitte Euch, Herr, steht auf, ich bin gewiss, Ihr seid mein junger Lanzelot nicht.

Lanzelot. Ich bitte Euch, lasst uns weiter keine Possen damit treiben, sondern gebt mir Euern Segen. Ich bin Lanzelot, Euer Junge, der da war, Euer Sohn, der da ist, Euer Kind, das da sein wird.

Gobbo. Ich kann mir nicht denken, dass Ihr mein Sohn seid.

Lanzelot. Ich weiß nicht, was ich davon denken soll; aber ich bin Lanzelot, des Juden Diener, und ich bin gewiss, Margrete, Eure Frau, ist meine Mutter.

Gobbo. Ganz recht, ihr Name ist Margrete; ich will einen Eid tun, wenn du Lanzelot bist, so bist du mein eigen Fleisch und Blut. Gott im Himmelsthrone! was hast du für einen Bart gekriegt? – Du hast mehr Haar am Kinne, als mein Karrengaul Fritz am Schwanze hat.

Lanzelot. Je, so lässt es ja, als ob Fritz sein Schwanz rückwärts wüchse; ich weiß doch, er hatte mehr Haar im Schwanz als im Gesicht, da ich ihn das letzte Mal sah.

Gobbo. Herrje, wie du dich verändert hast!
Wie verträgst du dich mit deinem Herrn?
Ich bringe ihm ein Präsent; nun, wie vertragt ihr euch?

Lanzelot. Gut, gut! aber für meine Person, da ich mich darauf gesetzt habe, davonzulaufen, so will ich mich nicht eher niedersetzen, als bis ich ein Stück Weges gelaufen bin. Mein Herr ist ein rechter Jude; ihm ein Präsent geben! Einen Strick gebt ihm. Ich bin ausgehungert in seinem Dienst; Ihr könnt jeden Finger, den ich habe, mit meinen Rippen zählen. Vater, ich bin froh, dass Ihr gekommen seid. Gebt mir Euer Präsent für einen gewissen Herrn Bassanio, der wahrhaftig prächtige neue Livreien gibt. Komme ich nicht bei ihm in Dienst, so will ich laufen, soweit Gottes Erdboden reicht. Welch ein Glück! da kommt er selbst. Macht Euch an ihn, Vater, denn ich will ein Jude sein, wenn ich bei dem Juden länger diene.

Bassanio kommt mit Leonardo und andern Begleitern.

Bassanio. Das könnt Ihr tun – aber seid so bei der Hand, dass das Abendessen spätestens um fünf Uhr fertig ist. Besorgt diese Briefe, gebt diese Livreien in Arbeit und bittet Graziano, sogleich in meine Wohnung zu kommen. *Ein Bedienter ab.*

LAUNCELOT. Nay, indeed, if you had your eyes, you might fail of the knowing me: it is a wise father that knows his own child.
Well, old man, I will tell you news of your son: give me your blessing: truth will come to light; murder cannot be hid long; a man's son may, but at the length truth will out.
GOBBO.
Pray you, sir, stand up: I am sure you are not Launcelot, my boy.
LAUNCELOT. Pray you, let's have no more fooling about it, but give me your blessing: I am Launcelot, your boy that was, your son that is, your child that shall be.
GOBBO. I cannot think you are my son.
LAUNCELOT. I know not what I shall think of that:
but I am Launcelot, the Jew's man, and I am sure Margery your wife is my mother.
GOBBO. Her name is Margery, indeed: I'll be sworn, if thou be Launcelot, thou art mine own flesh and blood.
Lord worshipped might he be! what a beard hast thou got! thou hast got more hair on thy chin than Dobbin my fill-horse has on his tail.
LAUNCELOT. It should seem, then, that Dobbin's tail grows backward: I am sure he had more hair of his tail than I have of my face when I last saw him.
GOBBO. Lord, how art thou changed! How dost thou and thy master agree? I have brought him a present. How 'gree you now?
LAUNCELOT. Well, well: but, for mine own part, as I have set up my rest to run away, so I will not rest till I have run some ground.
My master's a very Jew: give him a present! give him a halter:
I am famished in his service; you may tell every finger I have with my ribs. Father, I am glad you are come: give me your present to one Master Bassanio, who, indeed, gives rare new liveries:
if I serve not him, I will run as far as God has any ground.
O rare fortune! here comes the man: to him, father; for I am a Jew, if I serve the Jew any longer.
Enter BASSANIO, with LEONARDO and other followers
BASSANIO. You may do so; but let it be so hasted that supper be ready at the farthest by five of the clock. See these letters delivered; put the liveries to making, and desire Gratiano to come anon to my lodging. *Exit a Servant.*

Lanzelot. Zu ihm, Vater?

Gobbo. Gott segne Euer Gnaden!

Bassanio. Großen Dank! Willst du was von mir?

Gobbo. Da ist mein Sohn, Herr, ein armer Junge –

Lanzelot. Kein armer Junge, Herr, sondern des reichen Juden Diener, der gerne möchte, wie mein Vater spezifizieren wird –

Gobbo.
Er hat, wie man zu sagen pflegt, eine große Deklination zu dienen –

Lanzelot. Wirklich, das Kurze und das Lange von der Sache ist: ich diene dem Juden und trage Verlangen, wie mein Vater spezifizieren wird –

Gobbo. Sein Herr und er (mit Respekt vor Euer Gnaden zu sagen) vertragen sich wie Katzen und Hunde –

Lanzelot. Mit einem Wort, die reine Wahrheit ist, dass der Jude, da er mir Unrecht getan, mich nötigt, wie mein Vater, welcher, so Gott will, ein alter Mann ist, notifizieren wird –

Gobbo. Ich habe hier ein Gericht Tauben, die ich bei Euer Gnaden anbringen möchte, und mein Gesuch ist –

Lanzelot. In aller Kürze, das Gesuch interzediert mich selbst, wie Euer Gnaden von diesem ehrlichen alten Mann hören werden, der, obschon ich es sage, obschon ein alter Mann, doch ein armer Mann und mein Vater ist.

Bassanio. Einer spreche für beide. Was wollt Ihr?

Lanzelot. Euch dienen, Herr.

Gobbo. Ja, das wollten wir Euch gehorsamst opponieren.

Bassanio. Ich kenne dich, die Bitt ist dir gewährt;
Shylock, dein Herr, hat heut mit mir gesprochen
Und dich empfohlen; wenn's empfehlenswert,
Aus eines reichen Juden Dienst zu gehen,
Um einem armen Edelmann zu folgen.

Lanzelot. Das alte Sprichwort ist recht schön verteilt zwischen meinem Herrn Shylock und Euch, Herr: Ihr habt die Gnade Gottes, und er hat genug.

Bassanio. Du triffst es; Vater, geh mit deinem Sohn.
Nimm Abschied erst von deinem alten Herrn
Und frage dich nach meiner Wohnung hin.
(Zu seinen Begleitern.) Ihr, gebt ihm eine nettere Livrei
Als seinen Kameraden; sorgt dafür!

Lanzelot. Kommt her, Vater. – Ich kann keinen Dienst kriegen; nein!
ich habe gar kein Mundwerk am Kopf.
Er besieht seine flache Hand.

LAUNCELOT. To him, father?

GOBBO. God bless your worship!

BASSANIO. Gramercy! wouldst thou aught with me?

GOBBO. Here's my son, sir, a poor boy,--

LAUNCELOT. Not a poor boy, sir, but the rich Jew's man;
That would, sir, as my father shall specify--

GOBBO. He hath a great infection, sir, as one would say, to serve--

LAUNCELOT. Indeed, the short and the long is, I serve the Jew, and have a desire, as my father shall specify--

GOBBO. His master and he,saving your worship's reverence, are scarce cater-cousins--

LAUNCELOT. To be brief,the very truth is that the Jew,having done me wrong, doth cause me, as my father, being, I hope, an old man, shall frutify unto you--

GOBBO. I have here a dish of doves that I would bestow upon your worship, and my suit is--

LAUNCELOT. In very brief, the suit is impertinent to myself, as your worship shall know by this honest old man; and, though I say it, though old man, yet poor man, my father.

BASSANIO. One speak for both. What would you?

LAUNCELOT. Serve you, sir.

GOBBO. That is the very defect of the matter, sir.

BASSANIO. I know thee well; thou hast obtain'd thy suit:
Shylock thy master spoke with me this day,
And hath preferr'd thee, if it be preferment
To leave a rich Jew's service, to become
The follower of so poor a gentleman.

LAUNCELOT. The old proverb is very well parted between my master Shylock and you, sir: you have the grace of God, sir, and he hath enough.

BASSANIO. Thou speak'st it well. Go, father, with thy son.
Take leave of thy old master and inquire
My lodging out. Give him a livery
More guarded than his fellows': see it done!

LAUNCELOT. Father, in.
I cannot get a service, no!
I have ne'er a tongue in my head.

Gut, wenn einer in ganz Italien eine schönere Tafel hat, damit auf die Schrift zu schwören – Ich werde gut Glück haben; ohne Umstände, hier ist eine ganz schlechte Lebenslinie; hier ist 'ne Kleinigkeit an Frauen. Ach, fünfzehn Weiber sind nichts! elf Witwen und neun Mädchen ist ein knappes Auskommen für *einen* Mann. Und dann, dreimal ums Haar zu ersaufen und mich an der Ecke eines Feder - bettes beinah tot zu stoßen – das heiße ich gut davonkommen!
Gut, wenn Glück ein Weib ist, so ist sie doch eine gute Dirne mit ihrem Kram. – Kommt, Vater, ich nehme in *einem* Umsehen von dem Juden Abschied.
Lanzelot und der alte Gobbo ab.
Bassanio. Tu das, ich bitt dich, guter Leonardo;
Ist dies gekauft und ordentlich besorgt,
Komm schleunig wieder; denn zur Nacht bewirte ich
Die besten meiner Freunde; eil dich, geh!
Leonardo. Verlasst Euch auf mein eifrigstes Bemühen.
Graziano kommt.
Graziano. Wo ist dein Herr?
Leonardo. Er geht da drüben, Herr. *Leonardo ab.*
Graziano. Signor Bassanio!
Bassanio. Graziano!
Graziano. Ich habe ein Gesuch an Euch.
Bassanio. Ihr habt es schon erlangt.
Graziano. Ihr müsst mir's nicht weigern;
ich muss mit Euch nach Belmont gehen.
Bassanio. Nun ja, so müsst Ihr – aber hör, Graziano,
Du bist zu wild, zu rau, zu keck im Ton:
Ein Wesen, welches gut genug dir steht
Und Augen wie den unsern nicht missfällt.
Doch wo man dich nicht kennt, ja, da erscheint
Es allzu frei; drum nimm dir Müh und dämpfe
Mit ein paar kühlen Tropfen Sittsamkeit
Den flüchtigen Geist, dass ich durch deine Wildheit
Dort nicht missdeutet werde und meine Hoffnung
Zugrunde geht.
Graziano. Signore Bassanio, hört mich:
Wenn ich mich nicht zu feinem Wandel füge,
Mit Ehrfurcht rede und dann und wann nur fluche,
Gebetbuch in der Tasche, Kopf geneigt;
Ja, selbst beim Tischgebet so vors Gesicht
Den Hut mir halt und seufz und Amen sage;

Well, if any man in Italy have a fairer table which doth offer to swear upon a book, I shall have good fortune. Go to, here's a simple line of life: here's a small trifle of wives: alas, fifteen wives is nothing! Eleven widows and nine maids is a simple coming-in for one man: and then to 'scape drowning thrice, and to be in peril of my life with the edge of a feather-bed; here are simple scapes.

Well, if Fortune be a woman, she's a good wench for this gear.

Father, come; I'll take my leave of the Jew in the twinkling of an eye.

Exeunt Launcelot and Old Gobbo

BASSANIO. I pray thee, good Leonardo, think on this:
These things being bought and orderly bestow'd,
Return in haste, for I do feast to-night
My best-esteem'd acquaintance: hie thee, go.

LEONARDO. My best endeavours shall be done herein.

Enter GRATIANO.

GRATIANO. Where is your master?

LEONARDO. Yonder, sir, he walks. *Exit.*

GRATIANO. Signior Bassanio!

BASSANIO. Gratiano!

GRATIANO. I have a suit to you.

BASSANIO. You have obtain'd it.

GRATIANO. You must not deny me: I must go with you to Belmont.

BASSANIO. Why then you must. But hear thee, Gratiano;
Thou art too wild, too rude and bold of voice;
Parts that become thee happily enough
And in such eyes as ours appear not faults;
But where thou art not known, why, there they show
Something too liberal. Pray thee, take pain
To allay with some cold drops of modesty
Thy skipping spirit, lest through thy wild behavior
I be misconstrued in the place I go to,
And lose my hopes.

GRATIANO. Signior Bassanio, hear me:
If I do not put on a sober habit,
Talk with respect and swear but now and then,
Wear prayer-books in my pocket, look demurely,
Nay more, while grace is saying, hood mine eyes
Thus with my hat, and sigh and say 'amen,'

Nicht allen Brauch der Höflichkeit erfülle,
Wie einer, der, der Großmama zulieb,
Scheinheilig tut: so traut mir niemals mehr.
Bassanio. Nun gut, wir werden sehen, wie Ihr Euch nehmt.
Graziano. Nur heute nehme ich aus; das gilt nicht mir,
Was ich heute Nacht tue.
Bassanio. Nein, das wär schade;
Ich bitt Euch, lieber in den kecksten Farben
Der Lust zu kommen; denn wir haben Freunde,
Die lustig wollen sein. Lebt wohl indes,
Ich habe ein Geschäft.
Graziano. Und ich muss zu Lorenzo und den andern,
Doch auf den Abend kommen wir zu Euch. *Alle ab.*

Dritte Szene
Ein Zimmer in Shylocks Haus.
Jessica und Lanzelot kommen.

Jessica. Es tut mir leid, dass du uns so verlässt;
Dies Haus ist Hölle, und du, ein lustiger Teufel,
Nahmst ihm ein Teil von seiner Widrigkeit.
Doch lebe wohl; da hast du 'nen Dukaten!
Und, Lanzelot, du wirst beim Abendessen
Lorenzo sehn als Gast von deinem Herrn.
Dann gib ihm diesen Brief, tu es geheim;
Und so leb wohl, dass nicht etwa mein Vater
Mich mit dir reden sieht.
Lanzelot. Adieu!
Tränen müssen meine Zunge vertreten, allerschönste Heidin!
allerliebste Jüdin! Wenn ein Christ nicht zum Schelm an dir wird,
und dich bekommt, so trügt mich alles. Aber adieu! Diese törichten
Tropfen erweichen meinen männlichen Mut allzu sehr. *Ab.*
Jessica. Leb wohl, guter Lanzelot!
Ach wie gehässig ist es nicht von mir,
Dass ich des Vaters Kind zu sein mich schäme;
Doch, bin ich seines Blutes Tochter schon,
Bin ich's nicht seines Herzens. O Lorenzo,
Hilf mir dies lösen! treu dem Worte bleib!
So werde ich Christin und dein liebend Weib. *Ab.*

42

Use all the observance of civility,
Like one well studied in a sad ostent
To please his grandam, never trust me more.
BASSANIO. Well, we shall see your bearing.
GRATIANO. Nay, but I bar to-night: you shall not gauge me
By what we do to-night.
BASSANIO. No, that were pity:
I would entreat you rather to put on
Your boldest suit of mirth, for we have friends
That purpose merriment. But fare you well:
I have some business.
GRATIANO. And I must to Lorenzo and the rest:
But we will visit you at supper-time. *Exeunt.*

SCENE III.
The same. A room in SHYLOCK'S house.
Enter JESSICA and LAUNCELOT.

JESSICA. I am sorry thou wilt leave my father so:
Our house is hell, and thou, a merry devil,
Didst rob it of some taste of tediousness.
But fare thee well, there is a ducat for thee:
And, Launcelot, soon at supper shalt thou see
Lorenzo, who is thy new master's guest:
Give him this letter; do it secretly;
And so farewell: I would not have my father
See me in talk with thee.
LAUNCELOT. Adieu! tears exhibit my tongue.
Most beautiful pagan, most sweet Jew! if a Christian did not play
the knave and get thee, I am much deceived. But, adieu.
These foolish drops do something drown my manly spirit: adieu.
Exit Launcelot.
JESSICA. Farewell, good Launcelot.
Alack, what heinous sin is it in me
To be ashamed to be my father's child!
But though I am a daughter to his blood,
I am not to his manners. O Lorenzo,
If thou keep promise, I shall end this strife,
Become a Christian and thy loving wife.

Vierte Szene
Eine Straße.
Graziano, Lorenzo, Salarino und Solanio treten auf.

Lorenzo. Nun gut, wir schleichen weg vom Abendessen,
Verkleiden uns in meinem Haus und sind
In einer Stunde alle wieder da.
Graziano. Wir haben uns nicht recht darauf gerüstet.
Salarino. Auch keine Fackelträger noch bestellt.
Solanio. Wenn es nicht zierlich anzuordnen steht,
So ist es nichts und unterbliebe besser.
Lorenzo. Es ist eben vier; wir haben noch zwei Stunden
Zur Vorbereitung.
Lanzelot kommt mit einem Briefe.
Freund Lanzelot, was bringst du?
Lanzelot. Wenn's Euch beliebt, dies aufzubrechen,
so wird es gleichsam andeuten.
Lorenzo. Ich kenne wohl die Hand; ja, sie ist schön;
Und weißer als das Blatt, worauf sie schrieb,
Ist diese schöne Hand.
Graziano. Auf meine Ehre, eine Liebesbotschaft.
Lanzelot. Mit Eurer Erlaubnis, Herr.
Lorenzo. Wo willst du hin?
Lanzelot. Nun,Herr, ich soll meinen alten Herrn, den Juden, zu mei-
nem neuen Herrn, dem Christen, auf heute zum Abendessen laden.
Lorenzo. Da nimm dies; sag der schönen Jessica,
Dass ich sie treffen will. – Sag's heimlich! Geh! *Lanzelot ab.*
Ihr Herrn,
Wollt ihr euch zu dem Maskenzug bereiten?
Ich bin versehen mit einem Fackelträger.
Salarino. Ja, auf mein Wort, ich gehe gleich danach.
Solanio. Das will ich auch.
Lorenzo. Trefft mich und Graziano.
In einer Stunde in Grazianos Haus.
Salarino. Gut das, es soll geschehen. *Salarino und Solanio ab.*
Graziano. Der Brief kam von der schönen Jessica?
Lorenzo. Ich muss dir es nur vertrauen: sie gibt mir an,
Wie ich sie aus des Vaters Haus entführe;
Sie sei versehen mit Gold und mit Juwelen,
Ein Pagenanzug liege schon bereit.
Kommt je der Jude, ihr Vater, in den Himmel,

SCENE IV.

The same. A street.
Enter GRATIANO, LORENZO, SALARINO, and SALANIO.

LORENZO. Nay, we will slink away in supper-time,
Disguise us at my lodging and return,
All in an hour.
GRATIANO. We have not made good preparation.
SALARINO. We have not spoke us yet of torchbearers.
SALANIO. 'Tis vile, unless it may be quaintly order'd,
And better in my mind not undertook.
LORENZO. 'Tis now but four o'clock: we have two hours
To furnish us.
Enter LAUNCELOT, with a letter.
Friend Launcelot, what's the news?
LAUNCELOT. An it shall please you to break up
this, it shall seem to signify.
LORENZO. I know the hand: in faith, 'tis a fair hand;
And whiter than the paper it writ on
Is the fair hand that writ.
GRATIANO. Love-news, in faith.
LAUNCELOT. By your leave, sir.
LORENZO. Whither goest thou?
LAUNCELOT. Marry, sir, to bid my old master the
Jew to sup to-night with my new master the Christian.
LORENZO. Hold here, take this: tell gentle Jessica
I will not fail her; speak it privately. Go! *Exit Launcelot.*
Gentlemen,
Will you prepare you for this masque tonight?
I am provided of a torch-bearer.
SALANIO. Ay, marry, I'll be gone about it straight.
SALANIO. And so will I.
LORENZO. Meet me and Gratiano
At Gratiano's lodging some hour hence.
SALARINO. 'Tis good we do so. *Exeunt SALARINO and SALANIO.*
GRATIANO. Was not that letter from fair Jessica?
LORENZO. I must needs tell thee all. She hath directed
How I shall take her from her father's house,
What gold and jewels she is furnish'd with,
What page's suit she hath in readiness.
If e'er the Jew her father come to heaven,

So ist's um seiner holden Tochter willen;
Und nie darf Unglück in den Weg ihr treten,
Es müsste denn mit diesem Vorwand sein,
Dass sie von einem falschen Juden stammt.
Komm, geh mit mir und lies im Gehen dies durch;
Mir trägt die schöne Jessica die Fackel. *Beide ab.*

Fünfte Szene
Vor Shylocks Haus.
Shylock und Lanzelot kommen.

Shylock. Gut, du wirst sehn mit deinen eignen Augen
Des alten Shylocks Abstand von Bassanio.
He, Jessica! – Du wirst nicht voll dich stopfen,
Wie du bei mir getan – He, Jessica! –
Und liegen, schnarchen, Kleider nur zerreißen –
He, sag ich, Jessica!
Lanzelot. He, Jessica!
Shylock. Wer heißt dich schreien? Ich hab's dir nicht geheißen.
Lanzelot. Euer Edlen pflegten immer zu sagen, ich könnte nichts
ungeheißen tun.
Jessica kommt.
Jessica. Ruft Ihr? Was ist Euch zu Befehl?
Shylock. Ich bin zum Abendessen ausgebeten.
Da hast du meine Schlüssel, Jessica.
Zwar weiß ich nicht, warum ich geh; sie bitten
Mich nicht aus Liebe, nein, sie schmeicheln mir;
Doch will ich gehen aus Hass, auf den Verschwender
Von Christen zehren. – Jessica, mein Kind,
Acht auf mein Haus! – Ich geh recht wider Willen.
Es braut ein Unglück gegen meine Ruh,
Denn diese Nacht träumt ich von Säcken Geldes.
Lanzelot. Ich bitte Euch, Herr, geht!
Mein junger Herr erwartet Eure Zukunft.
Shylock. Ich seine auch.
Lanzelot. Und sie haben sich verschworen. – Ich sage nicht, dass
Ihr eine Maskerade sehen sollt; aber wenn Ihr eine seht, so war es
nicht umsonst, dass meine Nase an zu bluten fing, auf den letzten
Ostermontag des Morgens um sechs Uhr, der das Jahr auf den Tag
fiel, wo vier Jahre vorher nachmittags Aschermittwoch war.
Shylock. Was? gibt es Masken? Jessica, hör an:

It will be for his gentle daughter's sake:
And never dare misfortune cross her foot,
Unless she do it under this excuse,
That she is issue to a faithless Jew.
Come, go with me; peruse this as thou goest:
Fair Jessica shall be my torch-bearer. *Exeunt.*

SCENE V.
The same. Before SHYLOCK'S house.
Enter SHYLOCK and LAUNCELOT.

SHYLOCK. Well, thou shalt see, thy eyes shall be thy judge,
The difference of old Shylock and Bassanio:--
What, Jessica!--thou shalt not gormandise,
As thou hast done with me:--What, Jessica!--
And sleep and snore, and rend apparel out;--
Why, Jessica, I say!
LAUNCELOT. Why, Jessica!
SHYLOCK. Who bids thee call? I do not bid thee call.
LAUNCELOT. Your worship was wont to tell me that
I could do nothing without bidding.
Enter Jessica
JESSICA. Call you? what is your will?
SHYLOCK. I am bid forth to supper, Jessica:
There are my keys. But wherefore should I go?
I am not bid for love; they flatter me:
But yet I'll go in hate, to feed upon
The prodigal Christian. Jessica, my girl,
Look to my house. I am right loath to go:
There is some ill a-brewing towards my rest,
For I did dream of money-bags to-night.
LAUNCELOT. I beseech you, sir, go!
My young master doth expect your reproach.
SHYLOCK. So do I his.
LAUNCELOT. An they have conspired together, I will not say you
shall see a masque; but if you do, then it was not for nothing that my
nose fell a-bleeding on Black-Monday last at six o'clock i' the mor-
ning, falling out that year on Ash-Wednesday was four year, in the
afternoon.
SHYLOCK. What, are there masques? Hear you me, Jessica:

Verschließe die Tür, und wenn du Trommeln hörst
Und das Gequäk der quergehalsten Pfeife,
So klettre mir nicht an den Fenstern auf;
Steck nicht den Kopf hinaus in offene Straße,
Nach Christennarren mit bemaltem Antlitz
Zu gaffen; stopfe meines Hauses Ohren –
Die Fenster, mein ich – zu und lasse den Schall
Der albern' Geckerei nicht dringen in
Mein ehrbar Haus. Bei Jakobs Stabe schwör ich:
Ich habe keine Lust, zu Nacht zu schmausen;
Doch will ich gehen. – Du Bursche, geh mir voran;
Sage, dass ich komme.
Lanzelot. Herr, ich will vorangehen.
Guckt nur am Fenster, Fräulein, trotz dem allem;
Denn vorbeigehen wird ein Christ,
Wert, dass ihn 'ne Jüdin küsst. *Ab.*
Shylock. Was sagt der Narr von Hagars Stamme? he?
Jessica. Sein Wort war: «Fräulein, lebet wohl» – sonst nichts.
Shylock. Der Laffe ist gut genug, jedoch ein Fresser,
'ne Schnecke zum Gewinn und schläft bei Tag
Mehr als das Murmeltier; in meinem Stock
Bauen keine Drohnen; drum lasse ich ihn gehen
Und lasse ihn gehen zu einem, dem er möge
Den aufgeborgten Beutel leeren helfen.
Gut, Jessica, geh nun ins Haus hinein,
Vielleicht komm ich im Augenblicke wieder.
Tu, was ich dir gesagt, schließ hinter dir
Die Türen; fest gebunden, fest gefunden,
Das denkt ein guter Wirt zu allen Stunden. *Ab.*
Jessica. Lebt wohl, und denkt das Glück nach meinem Sinn,
Ist mir ein Vater, Euch ein Kind dahin. *Ab.*

Sechste Szene
Ebendaselbst.
Graziano und Salarino kommen maskiert.

Graziano. Dies ist das Vordach, unter dem Lorenzo
Uns haltzumachen bat.
Salarino. Die Stunde ist fast vorbei.
Graziano. Und Wunder ist es, dass er sie versäumt;
Verliebte laufen stets der Uhr voraus.

Lock up my doors; and when you hear the drum
And the vile squealing of the wry-neck'd fife,
Clamber not you up to the casements then,
Nor thrust your head into the public street
To gaze on Christian fools with varnish'd faces,
But stop my house's ears, I mean my casements:
Let not the sound of shallow foppery enter
My sober house. By Jacob's staff, I swear,
I have no mind of feasting forth to-night:
But I will go. Go you before me, sirrah;
Say I will come.
LAUNCELOT. I will go before, sir. Mistress, look out at
window, for all this, There will come a Christian
boy, will be worth a Jewess' eye. *Exit.*
SHYLOCK. What says that fool of Hagar's offspring, ha?
JESSICA. His words were 'Farewell mistress;' nothing else.
SHYLOCK. The patch is kind enough, but a huge feeder;
Snail-slow in profit, and he sleeps by day
More than the wild-cat: drones hive not with me;
Therefore I part with him, and part with him
To one that would have him help to waste
His borrow'd purse. Well, Jessica, go in;
Perhaps I will return immediately:
Do as I bid you; shut doors after you:
Fast bind, fast find;
A proverb never stale in thrifty mind. *Exit.*
JESSICA. Farewell; and if my fortune be not crost,
I have a father, you a daughter, lost. *Exit.*

SCENE VI.

The same.
Enter GRATIANO and SALARINO, masque.

GRATIANO. This is the pent-house under which Lorenzo
Desired us to make stand.
SALARINO. His hour is almost past.
GRATIANO. And it is marvel he out-dwells his hour,
For lovers ever run before the clock.

Salarino. O zehnmal schneller fliegen Venus' Tauben,
Den neuen Bund der Liebe zu versiegeln,
Als sie gewohnt sind, unverbrüchlich auch
Gegebene Treu zu halten.
Graziano. So geht's in allem; wer steht auf vom Mahl
Mit gleicher Esslust, als er niedersaß?
Wo ist das Pferd, das seine lange Bahn
Zurück mißt mit dem ungedämpften Feuer,
Womit es sie betreten? Jedes Ding
Wird mit mehr Trieb erjaget als genossen.
Wie ähnlich einem Wildfang und Verschwender
Eilt das beflaggte Schiff aus heimscher Bucht,
Geliebkost und gehetzt vom Buhler Wind!
Wie ähnlich dem Verschwender kehrt es heim,
Zerlumpt die Segel, Rippen abgewittert,
Kahl, nackt, geplündert von dem Buhler Wind!
Lorenzo tritt auf.
Salarino. Da kommt Lorenzo, mehr hiervon nachher.
Lorenzo. Entschuldigt, Herzensfreunde, den Verzug:
Nicht ich, nur mein Geschäft hat warten lassen.
Wenn ihr den Dieb um Weiber spielen wollt,
Dann wart ich auch so lang auf euch. – Kommt näher!
Hier wohnt mein Vater Jude – He! wer da?
Jessica oben am Fenster in Knabentracht.
Jessica. Wer seid Ihr? sagt's zu mehrere Sicherheit,
Wiewohl ich schwör, ich kenne Eure Stimme.
Lorenzo. Lorenzo und dein Liebster.
Jessica. Lorenzo sicher, und mein Liebster, ja!
Denn wen lieb ich so sehr? Und nun, wer weiß
Als Ihr, Lorenzo, ob ich Eure bin?
Lorenzo. Der Himmel und dein Sinn bezeugen dir's.
Jessica. Hier, fang dies Kästchen auf, es lohnt die Müh.
Gut, dass es Nacht ist, dass Ihr mich nicht seht,
Denn ich bin sehr beschämt von meinem Tausch;
Doch Lieb ist blind, Verliebte sehen nicht
Die artigen Kinderein, die sie begehen;
Denn könnten sie's, Cupido würd erröten,
Als Knaben so verwandelt mich zu sehn.
Lorenzo. Kommt, denn Ihr müsst mein Fackelträger sein.
Jessica. Was? muss ich selbst noch leuchten meiner Schmach?
Sie liegt fürwahr schon allzu sehr am Tag.

50

SALARINO. O, ten times faster Venus' pigeons fly
To seal love's bonds new-made, than they are wont
To keep obliged faith unforfeited!
GRATIANO. That ever holds: who riseth from a feast
With that keen appetite that he sits down?
Where is the horse that doth untread again
His tedious measures with the unbated fire
That he did pace them first? All things that are,
Are with more spirit chased than enjoy'd.
How like a younker or a prodigal
The scarfed bark puts from her native bay,
Hugg'd and embraced by the strumpet wind!
How like the prodigal doth she return,
With over-weather'd ribs and ragged sails,
Lean, rent and beggar'd by the strumpet wind!
SALARINO. Here comes Lorenzo: more of this hereafter.
Enter LORENZO.
LORENZO. Sweet friends, your patience for my long abode;
Not I, but my affairs, have made you wait:
When you shall please to play the thieves for wives,
I'll watch as long for you then. Approach;
Here dwells my father Jew. Ho! who's within?
Enter JESSICA, above, in boy's clothes
JESSICA. Who are you? Tell me, for more certainty,
Albeit I'll swear that I do know your tongue.
LORENZO. Lorenzo, and thy love.
JESSICA. Lorenzo, certain, and my love indeed,
For who love I so much? And now who knows
But you, Lorenzo, whether I am yours?
LORENZO. Heaven and thy thoughts are witness that thou art.
JESSICA. Here, catch this casket; it is worth the pains.
I am glad 'tis night, you do not look on me,
For I am much ashamed of my exchange:
But love is blind and lovers cannot see
The pretty follies that themselves commit;
For if they could, Cupid himself would blush
To see me thus transformed to a boy.
LORENZO. Descend, for you must be my torchbearer.
JESSICA. What, must I hold a candle to my shames?
They in themselves, good-sooth, are too too light.

Ei, Lieber, es ist ein Amt zum kundbar machen;
Ich muss verheimlicht sein.
Lorenzo. Das bist du, Liebe,
Im hübschen Anzug eines Knaben schon.
Doch komm sogleich,
Die finstre Nacht stiehlt heimlich sich davon;
Wir werden bei Bassanios Fest erwartet.
Jessica. Ich mach die Türen fest, vergolde mich
Mit mehr Dukaten noch und bin gleich bei Euch. *Tritt zurück.*
Graziano. Nun! auf mein Wort! 'ne Göttin, keine Jüdin.
Lorenzo. Verwünscht mich, wenn ich sie nicht herzlich liebe;
Denn sie ist klug, wenn ich mich drauf verstehe,
Und schön ist sie, wenn nicht mein Auge trügt,
Und treu ist sie, so hat sie sich bewährt.
Drum sei sie, wie sie ist, klug, schön und treu,
Mir in beständigem Gemüt verwahrt.
Jessica kommt heraus.
Nun bist du da? – Ihr Herren, auf und fort!
Der Maskenzug erwartet schon uns dort.
Ab mit Jessica und Salarino.
Antonio tritt auf.
Antonio. Wer da?
Graziano. Signore Antonio.
Antonio. Ei, ei, Graziano, wo sind all die andern?
Es ist neun Uhr, die Freund erwarten Euch.
Kein Tanz zur Nacht, der Wind hat sich gedreht,
Bassanio will im Augenblick an Bord;
Wohl zwanzig Boten schickt ich aus nach Euch.
Graziano. Mir ist es lieb, nichts kann mich mehr erfreuen,
Als unter Segel gleich die Nacht zu sein. *Beide ab.*

Siebente Szene
Belmont. Ein Zimmer in Porzias Haus.
Trompetenstoß.
Porzia und der Prinz von Marokko treten auf, beide mit Gefolge.

Porzia. Geht, zieht beiseite den Vorhang und entdeckt
Die Kästchen sämtlich diesem edlen Prinzen. –
Trefft Eure Wahl nunmehr.
Marokko. Von Gold das erste, das die Inschrift hat:
«Wer mich erwählt, gewinnt, was mancher Mann begehrt.»

Why, 'tis an office of discovery, love;
And I should be obscured.
LORENZO. So are you, sweet,
Even in the lovely garnish of a boy.
But come at once;
For the close night doth play the runaway,
And we are stay'd for at Bassanio's feast.
JESSICA. I will make fast the doors, and gild myself
With some more ducats, and be with you straight. *Exit above.*
GRATIANO. Now, by my hood, a Gentile and no Jew.
LORENZO. Beshrew me but I love her heartily;
For she is wise, if I can judge of her,
And fair she is, if that mine eyes be true,
And true she is, as she hath proved herself,
And therefore, like herself, wise, fair and true,
Shall she be placed in my constant soul.
Enter JESSICA, below.
What, art thou come? On, gentlemen; away!
Our masquing mates by this time for us stay.
Exit with Jessica and Salarino.
Enter ANTONIO.
ANTONIO. Who's there?
GRATIANO. Signior Antonio!
ANTONIO. Fie, fie, Gratiano! where are all the rest?
'Tis nine o'clock: our friends all stay for you.
No masque to-night: the wind is come about;
Bassanio presently will go aboard:
I have sent twenty out to seek for you.
GRATIANO. I am glad on't: I desire no more delight
Than to be under sail and gone to-night. *Exeunt.*

SCENE VII.
Belmont. A room in PORTIA'S house.
Flourish of cornets.
Enter PORTIA,with the PRINCE OF MOROCCO, and their trains.

PORTIA. Go draw aside the curtains and discover
The several caskets to this noble prince.
Now make your choice.
MOROCCO. The first, of gold, who this inscription bears,
'Who chooseth me shall gain what many men desire;'

Das zweite, silbern, führet dies Versprechen:
«Wer mich erwählt, bekommt so viel, als er verdient.»
Das dritte, schweres Blei, mit plumper Warnung:
«Wer mich erwählt, der gibt und wagt sein Alles dran.»
Woran erkenn ich, ob ich recht gewählt?
Porzia. Das eine fasst mein Bildnis in sich, Prinz:
Wenn Ihr das wählt, bin ich zugleich die Eure.
Marokko. So leite ein Gott mein Urteil! Lasst mich sehn!
Ich muss die Sprüche nochmals überlesen.
Was sagt dies bleierne Kästchen?
«Wer mich erwählt, der gibt und wagt sein Alles dran.»
Der gibt – wofür? für Blei? und wagt für Blei?
Dies Kästchen droht; wenn Menschen alles wagen,
Tun sie's in Hoffnung köstlichen Gewinns.
Ein goldener Mut fragt nichts nach niederen Schlacken,
Ich gebe also und wage nichts für Blei.
Was sagt das Silber mit der Mädchenfarbe?
«Wer mich erwählt, bekommt so viel, als er verdient.»
Soviel, als er verdient? – Halt ein, Marokko,
Und wäge deinen Wert mit steter Hand.
Wenn du geachtet wirst nach deiner Schätzung,
Verdienest du genug, doch kann genug
Wohl nicht soweit bis zu dem Fräulein reichen.
Und doch, mich ängsten über mein Verdienst,
Das wäre schwaches Misstrauen in mich selbst.
Soviel, als ich verdiene? – Ja, das ist
Das Fräulein; durch Geburt verdien ich sie,
Durch Glück, durch Zier und Gaben der Erziehung;
Doch mehr verdien ich sie durch Liebe. Wie,
Wenn ich nicht weiter schweift und wählte hier?
Lasst nochmals sehn den Spruch, in Gold gegraben:
«Wer mich erwählt, gewinnt, was mancher Mann begehrt.
Das ist das Fräulein; alle Welt begehrt sie,
Aus jedem Weltteil kommen sie herbei,
Dies sterblich atmend Heilgenbild zu küssen;
Hyrkaniens Wüsten und die wilden Öden
Arabiens sind gebahnte Straßen nun
Für Prinzen, die zur schönen Porzia reisen;
Das Reich der Wasser, dessen stolzes Haupt
Speit in des Himmels Antlitz, ist kein Damm
Für diese fremden Geister; nein, sie kommen

The second, silver, which this promise carries,
'Who chooseth me shall get as much as he deserves;'
This third, dull lead, with warning all as blunt,
'Who chooseth me must give and hazard all he hath.'
How shall I know if I do choose the right?
PORTIA. The one of them contains my picture, prince:
If you choose that, then I am yours withal.
MOROCCO. Some god direct my judgment! Let me see;
I will survey the inscriptions back again.
What says this leaden casket?
'Who chooseth me must give and hazard all he hath.'
Must give: for what? for lead? hazard for lead?
This casket threatens. Men that hazard all
Do it in hope of fair advantages:
A golden mind stoops not to shows of dross;
I'll then nor give nor hazard aught for lead.
What says the silver with her virgin hue?
'Who chooseth me shall get as much as he deserves.'
As much as he deserves! Pause there, Morocco,
And weigh thy value with an even hand:
If thou be'st rated by thy estimation,
Thou dost deserve enough; and yet enough
May not extend so far as to the lady:
And yet to be afeard of my deserving
Were but a weak disabling of myself.
As much as I deserve! Why, that's the lady:
I do in birth deserve her, and in fortunes,
In graces and in qualities of breeding;
But more than these, in love I do deserve.
What if I stray'd no further, but chose here?
Let's see once more this saying graved in gold
'Who chooseth me shall gain what many men desire.'
Why, that's the lady; all the world desires her;
From the four corners of the earth they come,
To kiss this shrine, this mortal-breathing saint:
The Hyrcanian deserts and the vasty wilds
Of wide Arabia are as thoroughfares now
For princes to come view fair Portia:
The watery kingdom, whose ambitious head
Spits in the face of heaven, is no bar
To stop the foreign spirits, but they come,

Wie über einen Bach zu Porzias Anblick.
Eins von den drein enthält ihr himmlisch Bild;
Soll Blei es in sich fassen? Lästerung wär's,
Zu denken solche Schmach; es wär zu schlecht,
Im düstern Grab ihr Leichentuch zu panzern.
Und soll ich glauben, dass sie Silber einschließt,
Von zehnmal minderem Wert als reines Gold?
O sündlicher Gedanke! Solch ein Kleinod
Ward nie geringer als in Gold gefasst.
In England gibt's 'ne Münze, die das Bild
Von einem Engel führt, in Gold geprägt.
Doch der ist drauf gedruckt; hier liegt ein Engel
Ganz drin im goldenen Bett. – Gebt mir den Schlüssel,
Hier wähl ich, und geling es, wie es kann.
Porzia. Da nehmt ihn, Prinz, und liegt mein Bildnis da,
So bin ich Euer.
Er schließt das goldene Kästchen auf.
Marokko. O Hölle, was ist hier?
Ein Beingeripp, dem ein beschriebener Zettel
Im hohlen Auge liegt? Ich will ihn lesen:
   «Alles ist nicht Gold, was gleißt,
   Wie man oft Euch unterweist.
   Manchen in Gefahr es reißt,
   Was mein äußerer Schein verheißt;
   Goldenes Grab hegt Würmer meist;
   Wäret Ihr so weise als dreist,
   Jung an Gliedern, alt an Geist,
   So würdet Ihr nicht abgespeist
   Mit der Antwort: Geht und reist.»
Ja fürwahr, mit bittrer Kost;
Leb wohl denn, Glut! Willkommen, Frost!
Lebt, Porzia, wohl! Zu langem Abschied fühlt
Mein Herz zu tief; so scheidet, wer verspielt. *Ab.*
Porzia. Erwünschtes Ende! Geht, den Vorhang zieht!
So wähle jeder, der ihm ähnlich sieht. *Alle ab.*

As o'er a brook, to see fair Portia.
One of these three contains her heavenly picture.
Is't like that lead contains her? 'Twere damnation
To think so base a thought: it were too gross
To rib her cerecloth in the obscure grave.
Or shall I think in silver she's immured,
Being ten times undervalued to tried gold?
O sinful thought! Never so rich a gem
Was set in worse than gold. They have in England
A coin that bears the figure of an angel
Stamped in gold, but that's insculp'd upon;
But here an angel in a golden bed
Lies all within. Deliver me the key:
Here do I choose, and thrive I as I may!
PORTIA. There, take it, prince; and if my form lie there,
Then I am yours.
He unlocks the golden casket.
MOROCCO. O hell! what have we here?
A carrion Death, within whose empty eye
There is a written scroll! I'll read the writing.
All that glitters is not gold;
Often have you heard that told:
Many a man his life hath sold
But my outside to behold:
Gilded tombs do worms enfold.
Had you been as wise as bold,
Young in limbs, in judgment old,
Your answer had not been inscroll'd:
Fare you well; your suit is cold.
Cold, indeed; and labour lost:
Then, farewell, heat, and welcome, frost!
Portia, adieu. I have too grieved a heart
To take a tedious leave: thus losers part.
Exit with his train. Flourish of cornets.
PORTIA. A gentle riddance. Draw the curtains, go.
Let all of his complexion choose me so. *Exeunt.*

Achte Szene
Venedig. Eine Straße.
Salarino und Solanio treten auf.

Salarino. Ja, Freund, ich sah Bassanio unter Segel;
Mit ihm ist Graziano abgereist,
Und auf dem Schiff ist sicher nicht Lorenzo.
Solanio. Der Schelm von Juden schrie den Dogen auf,
Der mit ihm ging, das Schiff zu untersuchen.
Salarino. Er kam zu spät, das Schiff war unter Segel;
Doch da empfing der Doge den Bericht,
In einer Gondel habe man Lorenzo
Mit seiner Liebsten Jessica gesehen;
Auch gab Antonio ihm die Versicherung,
Sie seien nicht mit Bassanio auf dem Schiff.
Solanio. Nie hört ich so verwirrte Leidenschaft,
So seltsam wild und durcheinander, als
Der Hund von Juden in den Straßen auslieβ:
«Mein' Tochter – mein' Dukaten – o mein' Tochter!
Fort mit 'nem Christen – o mein' christlichen Dukaten!
Recht und Gericht! mein' Tochter! mein' Dukaten!
Ein Sack, zwei Säcke, beide zugesiegelt,
Voll von Dukaten, doppelten Dukaten!
Gestohlen von meiner Tochter; und Juwelen,
Zwei Stein'- zwei reich' und köstliche Gestein',
Gestohlen von meiner Tochter! O Gerichte,
Findet mir das Mädchen!
Sie hat die Steine bei sich und die Dukaten.»
Salarino. Ja, alle Gassenbuben folgen ihm
Und schreien: «Die Stein', die Tochter, die Dukaten!»
Solanio. Dass nur Antonio nicht den Tag versäumt,
Sonst wird er hierfür zahlen.
Salarino. Gut bedacht!
Mir sagte gestern ein Franzose noch,
Mit dem ich schwatzte, in der engen See,
Die Frankreich trennt von England, sei ein Schiff
Von unserm Land verunglückt, reich geladen;
Ich dachte des Antonio, da er's sagte,
Und wünscht im stillen, dass es seins nicht wär.
Solanio. Ihr solltet doch Antonio melden, was Ihr hört;
Doch tut's nicht plötzlich, denn es könnt ihn kränken.

SCENE VIII.
Venice. A street.
Enter SALARINO and SALANIO.

SALARINO. Why, man, I saw Bassanio under sail:
With him is Gratiano gone along;
And in their ship I am sure Lorenzo is not.
SALANIO. The villain Jew with outcries raised the duke,
Who went with him to search Bassanio's ship.
SALARINO. He came too late, the ship was under sail:
But there the duke was given to understand
That in a gondola were seen together
Lorenzo and his amorous Jessica:
Besides, Antonio certified the duke
They were not with Bassanio in his ship.
SALANIO. I never heard a passion so confused,
So strange, outrageous, and so variable,
As the dog Jew did utter in the streets:
'My daughter! O my ducats! O my daughter!
Fled with a Christian! O my Christian ducats!
Justice! the law! my ducats, and my daughter!
A sealed bag, two sealed bags of ducats,
Of double ducats, stolen from me by my daughter!
And jewels, two stones, two rich and precious stones,
Stolen by my daughter! Justice! find the girl;
She hath the stones upon her, and the ducats.'
SALARINO. Why, all the boys in Venice follow him,
Crying, his stones, his daughter, and his ducats.
SALANIO. Let good Antonio look he keep his day,
Or he shall pay for this.
SALARINO. Marry, well remember'd.
I reason'd with a Frenchman yesterday,
Who told me, in the narrow seas that part
The French and English, there miscarried
A vessel of our country richly fraught:
I thought upon Antonio when he told me;
And wish'd in silence that it were not his.
SALANIO. You were best to tell Antonio what you hear;
Yet do not suddenly, for it may grieve him.

Salarino. Ein besseres Herz lebt auf der Erde nicht.
Ich sah Bassanio und Antonio scheiden;
Bassanio sagt' ihm, dass er eilen wolle
Mit seiner Rückkehr. «Nein», erwidert' er,
«Schlag dein Geschäft nicht von der Hand, Bassanio,
Um meinetwillen, lasse die Zeit es reifen.
Und die Verschreibung, die der Jude hat,
Lasse sie beschweren nicht dein liebend Herz.
Sei fröhlich, wende die Gedanken ganz
Auf Gunstbewerbung und Bezeugungen
Der Liebe, wie sie dort dir ziemen mögen.»
Und hier, die Augen voller Tränen, wandte er
Sich abwärts, reichte seine Hand zurück,
Und, als ergriff ihn wunderbare Rührung,
Drückt' er Bassanios Hand. So schieden sie.
Solanio. Ich glaub, er liebt die Welt nur seinetwegen;
Ich bitt Euch, lasst uns gehen, ihn aufzufinden,
Um seine Schwermut etwas zu zerstreuen
Auf ein und andre Art.
Salarino. Ja, tun wir das. *Beide ab.*

Neunte Szene
Belmont. Ein Zimmer in Porzias Haus.
Nerissa kommt mit einem Bedienten.

Nerissa. Komm, hurtig, hurtig, zieh den Vorhang auf!
Der Prinz von Arragon hat seinen Eid
Getan und kommt sogleich zu seiner Wahl.
Trompetenstoß. Der Prinz von Arragon, Porzia und beider Gefolge.
Porzia. Schaut hin, da stehen die Kästchen, edler Prinz!
Wenn Ihr das wählet, das mich in sich fasst,
Soll die Vermählung gleich gefeiert werden.
Doch fehlt Ihr, Prinz, so müsst Ihr ohne weiteres
Im Augenblick von hier Euch wegbegeben.
Arragon. Drei Dinge gibt der Eid mir auf zu halten:
Zum ersten, niemals jemand kundzutun,
Welch Kästchen ich gewählt; sodann: verfehl ich
Das rechte Kästchen, nie in meinem Leben
Um eines Mädchens Hand zu werben; endlich:
Wenn sich das Glück zu meiner Wahl nicht neigt,
Sogleich Euch zu verlassen und zu gehen.

SALARINO. A kinder gentleman treads not the earth.
I saw Bassanio and Antonio part:
Bassanio told him he would make some speed
Of his return: he answer'd, 'Do not so;
Slubber not business for my sake, Bassanio
But stay the very riping of the time;
And for the Jew's bond which he hath of me,
Let it not enter in your mind of love:
Be merry, and employ your chiefest thoughts
To courtship and such fair ostents of love
As shall conveniently become you there:'
And even there, his eye being big with tears,
Turning his face, he put his hand behind him,
And with affection wondrous sensible
He wrung Bassanio's hand; and so they parted.
SALANIO. I think he only loves the world for him.
I pray thee, let us go and find him out
And quicken his embraced heaviness
With some delight or other.
SALARINO. Do we so. *Exeunt.*

SCENE IX.
Belmont. A room in PORTIA'S house.
Enter NERISSA with a Servitor.

NERISSA. Quick, quick, I pray thee; draw the curtain straight:
The Prince of Arragon hath ta'en his oath,
And comes to his election presently.
Flourish of cornets.
Enter the PRINCE OF ARRAGON, PORTIA, and their trains.
PORTIA. Behold, there stand the caskets, noble prince:
If you choose that wherein I am contain'd,
Straight shall our nuptial rites be solemnized:
But if you fail, without more speech, my lord,
You must be gone from hence immediately.
ARRAGON. I am enjoin'd by oath to observe three things:
First, never to unfold to any one which casket 'twas I chose;
Next, if I fail Of the right casket, never in my life
To woo a maid in way of marriage: Lastly,
If I do fail in fortune of my choice,
Immediately to leave you and be gone.

Porzia. Auf diese Pflichten schwört ein jeder, der
Zu wagen kommt um mein geringes Selbst.
Arragon. Und so bin ich gerüstet. Glück wohlauf
Nach Herzens Wunsch! – Gold, Silber, schlechtes Blei:
«Wer mich erwählt, der gibt und wagt sein Alles dran.»
Du musstest schöner aussehen, eh ich's täte.
Was sagt das goldene Kästchen? Ha, lasst sehn!
«Wer mich erwählt, gewinnt, was mancher Mann begehrt.»
Was mancher Mann begehrt? – Dies *mancher* meint vielleicht
Die Toren Menge, die nach Scheine wählt,
Nur lernend, was ein blödes Auge lehrt;
Die nicht ins Innere dringt und wie die Schwalbe
Im Wetter bauet an der Außenwand,
Recht in der Kraft und Bahn des Ungefährs.
Ich wähle nicht, was mancher Mann begehrt,
Weil ich nicht bei gemeinen Geistern hausen,
Noch mich zu rohen Haufen stellen will.
Nun dann zu dir, du silbern Schatzgemach!
Sag mir noch mal die Inschrift, die du führst:
«Wer mich erwählt, bekommt so viel, als er verdient.»
Ja, gut gesagt: denn wer darf darauf ausgehen,
Das Glück zu täuschen und geehrt zu sein,
Den das Verdienst nicht stempelt? Maße keiner
Sich einer unverdienten Würde an.
O würden Güter, Rang und Ämter nicht
Verderbter Weise erlangt und würde Ehre
Durch das Verdienst des Eigners rein erkauft,
Wie mancher deckte dann sein bloßes Haupt!
Wie mancher, der befiehlt, gehorchte dann!
Wie viel des Pöbels würde ausgesondert
Aus reiner Ehre Saat! und wieviel Ehre
Gelesen aus der Spreu, dem Raub der Zeit,
Um neu zu glänzen! – Wohl, zu meiner Wahl!
«Wer mich erwählt, bekommt so viel, als er verdient.»
Ich halt es mit Verdienst: gebt mir dazu den Schlüssel,
Und unverzüglich schließt mein Glück hier auf. *Er öffnet es.*
Porzia. Zu langgeweilt für das, was Ihr da findet.
Arragon. Was gibt's hier? Eines Gecken Bild, der blinzt
Und mir 'nen Zettel reicht! Ich will ihn lesen.
O wie so gar nicht gleichst du Porzien!
Wie gar nicht meinem Hoffen und Verdienst!

PORTIA. To these injunctions every one doth swear
That comes to hazard for my worthless self.
ARRAGON. And so have I address'd me. Fortune now
To my heart's hope! Gold; silver; and base lead.
'Who chooseth me must give and hazard all he hath.'
You shall look fairer, ere I give or hazard.
What says the golden chest? ha! let me see:
'Who chooseth me shall gain what many men desire.'
What many men desire! that 'many' may be meant
By the fool multitude, that choose by show,
Not learning more than the fond eye doth teach;
Which pries not to the interior, but, like the martlet,
Builds in the weather on the outward wall,
Even in the force and road of casualty.
I will not choose what many men desire,
Because I will not jump with common spirits
And rank me with the barbarous multitudes.
Why, then to thee, thou silver treasure-house;
Tell me once more what title thou dost bear:
'Who chooseth me shall get as much as he deserves:'
And well said too; for who shall go about
To cozen fortune and be honourable
Without the stamp of merit? Let none presume
To wear an undeserved dignity.
O, that estates, degrees and offices
Were not derived corruptly, and that clear honour
Were purchased by the merit of the wearer!
How many then should cover that stand bare!
How many be commanded that command!
How much low peasantry would then be glean'd
From the true seed of honour! and how much honour
Pick'd from the chaff and ruin of the times
To be new-varnish'd! Well, but to my choice:
'Who chooseth me shall get as much as he deserves.'
I will assume desert. Give me a key for this,
And instantly unlock my fortunes here. *He opens the silver casket.*
PORTIA. Too long a pause for that which you find there.
ARRAGON. What's here? the portrait of a blinking idiot,
Presenting me a schedule! I will read it.
How much unlike art thou to Portia!
How much unlike my hopes and my deservings!

«Wer mich erwählt, bekommt so viel, als er verdient.»
Verdient ich nichts als einen Narrenkopf?
Ist das mein Preis? Ist mein Verdienst nicht höher?
Porzia. Fehlen und richten sind getrennte Ämter,
Und die sich widersprechen.
Arragon. Was ist hier? *Er liest.*
  «Siebenmal im Feuer geklärt
  Ward dies Silber: so bewährt
  Ist ein Sinn, den nichts betört.
  Mancher achtet Schatten wert,
  Dem ist Schattenheil beschert;
  Mancher Narr in Silber fährt,
  So auch dieser, der Euch lehrt:
  Nehmet, wen Ihr wollt, zum Weib
  Immer trägt mich Euer Leib.
  Geht und sucht Euch Zeitvertreib!»
Mehr und mehr zum Narren mich macht
Jede Stunde hier verbracht.
Mit einem Narrenkopf zum Freien
Kam ich her und geh mit zweien.
Herz, leb wohl! was ich versprach,
Halt ich, trage still die Schmach. *Arragon mit Gefolge ab.*
Porzia. So ging dem Licht die Motte nach!
O diese weisen Narren! wenn sie wählen,
Sind sie so klug, durch Witz es zu verfehlen.
Nerissa. Die alte Sag ist keine Ketzerei.
Dass Freien und Hängen eine Schickung sei.
Porzia. Komm, zieh den Vorhang zu, Nerissa.
Ein Bedienter kommt.
Bedienter. Wo ist mein Fräulein?
Porzia. Hier; was will mein Herr?
Bedienter. An Eurem Tor ist eben abgestiegen
Ein junger Venezianer, welcher kommt,
Die nahe Ankunft seines Herrn zu melden,
Von dem er stattliche Begrüßung bringt;
Das heißt, nebst vielen artigen Worten, Gaben
Von reichem Wert; ich sah niemals noch
Solch einen holden Liebesabgesandten.
Nie kam noch im April ein Tag so süß,
Zu zeigen, wie der Sommer köstlich nahe,
Als dieser Bote seinem Herrn voran.

64

'Who chooseth me shall have as much as he deserves.'
Did I deserve no more than a fool's head?
Is that my prize? are my deserts no better?
PORTIA. To offend, and judge, are distinct offices
And of opposed natures.
ARRAGON. What is here? *Reads.*
The fire seven times tried this:
Seven times tried that judgment is,
That did never choose amiss.
Some there be that shadows kiss;
Such have but a shadow's bliss:
There be fools alive, I wis,
Silver'd o'er; and so was this.
Take what wife you will to bed,
I will ever be your head:
So be gone: you are sped.
Still more fool I shall appear
By the time I linger here
With one fool's head I came to woo,
But I go away with two.
Sweet, adieu. I'll keep my oath,
Patiently to bear my wroth. *Exeunt Arragon and train.*
PORTIA. Thus hath the candle singed the moth.
O, these deliberate fools! when they do choose,
They have the wisdom by their wit to lose.
NERISSA. The ancient saying is no heresy,
Hanging and wiving goes by destiny.
PORTIA. Come, draw the curtain, Nerissa.
Enter a Servant.
Servant. Where is my lady?
PORTIA. Here: what would my lord?
Servant. Madam, there is alighted at your gate
A young Venetian, one that comes before
To signify the approaching of his lord;
From whom he bringeth sensible regreets,
To wit, besides commends and courteous breath,
Gifts of rich value. Yet I have not seen
So likely an ambassador of love:
A day in April never came so sweet,
To show how costly summer was at hand,
As this fore-spurrer comes before his lord.

Porzia. Nichts mehr, ich bitt dich; ich besorge fast,
Dass du gleich sagen wirst, er sei dein Vetter;
Du wendest solchen Festtagswitz an ihn.
Komm, komm, Nerissa; denn er soll mich freuen,
Cupidos Herold, so geschickt und fein.
Nerissa. Bassanio, Herr des Herzens! lasse es sein. *Alle ab.*

Dritter Aufzug
Erste Szene
Venedig. Eine Straße.
Solanio und Salarino treten auf.

Solanio. Nun, was gibt's Neues auf dem Rialto?
Salarino. Ja, noch wird es nicht widersprochen, dass dem Antonio sein Schiff von reicher Ladung in der Meerenge gestrandet ist.
Die Goodwins, denke ich, nennen sie die Stelle: eine sehr gefährliche Sandbank, wo die Gerippe von manchem stattlichen Schiff begraben liegen, wenn Gevatterin Fama eine Frau von Wort ist.
Solanio. Ich wollte, sie wäre darin eine so lügenhafte Gevatterin, als jemals eine Ingwer kaute oder ihren Nachbarn weismachte, sie weine um den Tod ihres dritten Mannes. Aber es ist wahr – ohne alle Umschweife, und ohne die gerade, ebne Bahn des Gespräches zu kreuzen – dass der gute Antonio, der redliche Antonio – o dass ich eine Benennung wüsste, die gut genug wäre, seinem Namen Gesellschaft zu leisten! –
Salarino. Wohlan, zum Schluss!
Solanio. He, was sagst du?
Ja, das Ende ist, er hat ein Schiff eingebüßt.
Salarino. Ich wünsche, es mag das Ende seiner Einbußen sein.
Solanio. Lasst mich beizeiten Amen sagen,ehe mir der Teufel einen Querstrich durch mein Gebet macht; denn hier kommt er in Gestalt eines Juden. *Shylock kommt.*
Wie steht's, Shylock? Was gibt es Neues unter den Kaufleuten?
Shylock. Ihr wusstet, niemand besser, niemand besser als Ihr um meiner Tochter Flucht.
Salarino. Das ist richtig; ich meinerseits kannte den Schneider, der ihr die Flügel zum Wegfliegen gemacht hat.
Solanio. Und Shylock seinerseits wusste, dass der Vogel flügge war; und dann haben sie es alle in der Art, das Nest zu verlassen.
Shylock. Sie ist verdammt dafür.
Salarino. Das ist sicher, wenn der Teufel ihr Richter sein soll.

66

PORTIA. No more, I pray thee: I am half afeard
Thou wilt say anon he is some kin to thee,
Thou spend'st such high-day wit in praising him.
Come, come, Nerissa; for I long to see
Quick Cupid's post that comes so mannerly.
NERISSA. Bassanio, lord Love, if thy will it be! *Exeunt.*

THIRD ACT.
SCENE I.
Venice. A street.
Enter SALANIO and SALARINO.

SALANIO. Now, what news on the Rialto?
SALARINO. Why, yet it lives there uncheck'd that Antonio hath a ship of rich lading wrecked on the narrow seas; the Goodwins, I think they call the place; a very dangerous flat and fatal, where the carcasses of many a tall ship lie buried, as they say, if my gossip Report be an honest woman of her word.
SALANIO. I would she were as lying a gossip in that as ever knapped ginger or made her neighbours believe she wept for the death of a third husband. But it is true, without any slips of prolixity or crossing the plain highway of talk, that the good Antonio, the honest Antonio,--O that I had a title good enough to keep his name company!--
SALARINO. Come, the full stop.
SALANIO. Ha! what sayest thou?
Why, the end is, he hath lost a ship.
SALARINO. I would it might prove the end of his losses.
SALANIO. Let me say 'amen' betimes, lest the devil cross my prayer,for here he comes in the likeness of a Jew. *Enter SHYLOCK.*
How now, Shylock! what news among the merchants?
SHYLOCK. You know, none so well, none so well as you, of my daughter's flight.
SALARINO. That's certain: I, for my part, knew the tailor that made the wings she flew withal.
SALANIO. And Shylock,for his own part, knew the bird was fledged; and then it is the complexion of them all to leave the dam.
SHYLOCK. She is damned for it.
SALANIO. That's certain, if the devil may be her judge.

Shylock. Dass mein eigen Fleisch und Blut sich so empörte!

Solanio. Pfui dich an, altes Fell! bei dem Alter empört es sich?

Shylock. Ich sage, meine Tochter ist mein Fleisch und Blut.

Salarino. Zwischen deinem Fleisch und ihrem ist mehr Unterschied als zwischen Ebenholz und Elfenbein, mehr zwischen eurem Blut als zwischen rotem Wein und Rheinwein. – Aber sagt uns, was hört Ihr: hat Antonio einen Verlust zur See gehabt oder nicht?

Shylock. Da hab ich einen andern schlimmen Handel: ein Bankrotteur, ein Verschwender, der sich kaum auf dem Rialto darf blicken lassen; ein Bettler, der so schmuck auf den Markt zu kommen pflegte! Er sehe sich vor mit seinem Schein!
Er hat mich immer Wucherer genannt – er sehe sich vor mit seinem Schein! – er verlieh immer Geld aus christlicher Liebe, – er sehe sich vor mit seinem Schein!

Salarino. Nun, ich bin sicher, wenn er verfällt, so wirst du sein Fleisch nicht nehmen: wozu wär es gut?

Shylock. Fische mit zu ködern. Sättigt es sonst niemanden, so sättigt es doch meine Rache. Er hat mich beschimpft, mir eine halbe Million gehindert; meinen Verlust belacht, meinen Gewinn bespottet, mein Volk geschmäht, meinen Handel gekreuzt, meine Freunde verleitet, meine Feinde gehetzt. Und was hat er für Grund! Ich bin ein Jude. Hat nicht ein Jude Augen? Hat nicht ein Jude Hände, Gliedmaßen, Werkzeuge, Sinne, Neigungen, Leidenschaften?
Mit derselben Speise genährt,mit denselben Waffen verletzt,denselben Krankheiten unterworfen,mit denselben Mitteln geheilt, gewärmt und gekältet von eben dem Winter und Sommer als ein Christ?
Wenn ihr uns stecht, bluten wir nicht? Wenn ihr uns kitzelt, lachen wir nicht? Wenn ihr uns vergiftet, sterben wir nicht?
Und wenn ihr uns beleidigt, sollen wir uns nicht rächen? Sind wir euch in allen Dingen ähnlich, so wollen wir's euch auch darin gleich tun. Wenn ein Jude einen Christen beleidigt, was ist seine Demut? Rache. Wenn ein Christ einen Juden beleidigt, was muss seine Geduld sein nach christlichem Vorbild? Nu, Rache. Die Bosheit, die ihr mich lehrt, die will ich ausüben, und es muss schlimm hergehen, oder ich will es meinen Meistern zuvortun. *Ein Bedienter kommt.*

Bedienter. Edle Herren, Antonio, mein Herr, ist zu Hause und wünscht euch zu sprechen.

Salarino. Wir haben ihn allenthalben gesucht. *Tubal kommt.*

Solanio. Hier kommt ein anderer von seinem Stamm;der dritte Mann ist nicht aufzutreiben, der Teufel selbst müsste denn Jude werden.
Solanio, Salarino und Bedienter ab.

68

SHYLOCK. My own flesh and blood to rebel!

SALANIO. Out upon it, old carrion! rebels it at these years?

SHYLOCK. I say, my daughter is my flesh and blood.

SALARINO. There is more difference between thy flesh and hers than between jet and ivory; more between your bloods than there is between red wine and rhenish. But tell us, do you hear whether Antonio have had any loss at sea or no?

SHYLOCK. There I have another bad match: a bankrupt, a prodigal, who dare scarce show his head on the Rialto; a beggar, that was used to come so smug upon the mart; let him look to his bond: he was wont to call me usurer; let him look to his bond: he was wont to lend money for a Christian courtesy; let him look to his bond.

SALARINO. Why, I am sure, if he forfeit, thou wilt not take his flesh: what's that good for?

SHYLOCK. To bait fish withal: if it will feed nothing else, it will feed my revenge. He hath disgraced me, and hindered me half a million; laughed at my losses, mocked at my gains, scorned my nation, thwarted my bargains, cooled my friends, heated mine enemies; and what's his reason? I am a Jew. Hath not a Jew eyes? hath not a Jew hands, organs, dimensions, senses, affections, passions? fed with the same food, hurt with the same weapons, subject to the same diseases, healed by the same means, warmed and cooled by the same winter and summer, as a Christian is? If you prick us, do we not bleed? if you tickle us, do we not laugh? if you poison us, do we not die? and if you wrong us, shall we not revenge? If we are like you in the rest, we will resemble you in that. If a Jew wrong a Christian, what is his humility? Revenge. If a Christian wrong a Jew, what should his sufferance be by Christian example? Why, revenge. The villany you teach me, I will execute, and it shall go hard but I will better the instruction. *Enter a Servant.*

Servant. Gentlemen, my master Antonio is at his house and desires to speak with you both.

SALARINO. We have been up and down to seek him. *Enter TUBAL.*

SALANIO. Here comes another of the tribe: a third cannot be matched, unless the devil himself turn Jew.
Exeunt SALANIO, SALARINO, and Servant.

Shylock. Nun, Tubal, was bringst du Neues von Genua? Hast du meine Tochter gefunden?

Tubal. Ich bin oft an Örter gekommen, wo ich von ihr hörte, aber ich kann sie nicht finden.

Shylock. Ei so, so, so, so! Ein Diamant fort, kostet mich zweitausend Dukaten zu Frankfurt. Der Fluch ist erst jetzt auf unser Volk gefallen, ich hab ihn niemals gefühlt bis jetzt. Zweitausend Dukaten dafür! und noch mehr kostbare, kostbare Juwelen! Ich wollte, meine Tochter läge tot zu meinen Füßen und hätte die Juwelen in den Ohren! Wollte, sie läge eingesargt zu meinen Füßen, und die Dukaten im Sarge! Keine Nachricht von ihnen! Ei, dass dich! – und ich weiß noch nicht, was beim Nachsetzen draufgeht. Ei, du Verlust über Verlust! Der Dieb mit so viel davongegangen, und so viel, um den Dieb zu finden; und keine Genugtuung, keine Rache! Kein Unglück tut sich auf, als was mir auf den Hals fällt; keine Seufzer, als die ich ausstoße, keine Tränen, als die ich vergieße.

Tubal. Ja, andre Menschen haben auch Unglück. Antonio, so hörte ich in Genua.

Shylock. Was, was, was? Ein Unglück? ein Unglück?

Tubal. Hat eine Galeone verloren, die von Tripolis kam.

Shylock. Gott sei gedankt! Gott sei gedankt! Ist es wahr?

Tubal. Ich sprach mit ein paar von den Matrosen, die sich aus dem Schiffbruch gerettet.

Shylock. Ich danke dir, guter Tubal! Gute Zeitung, gute Zeitung! – Wo? in Genua?

Tubal. Eure Tochter vertat in Genua, wie ich hörte, in einem Abend achtzig Dukaten!

Shylock. Du gibst mir einen Dolchstich – ich kriege mein Gold nicht wieder zu sehen–Achtzig Dukaten in einem Strich! Achtzig Dukaten!

Tubal. Verschiedene von Antonios Gläubigern reisten mit mir zugleich nach Venedig; die beteuerten, er müsse notwendig fallieren.

Shylock. Das freut mich sehr! ich will ihn peinigen, ich will ihn martern; das freut mich!

Tubal. Einer zeigte mir einen Ring, den ihm Eure Tochter für einen Affen gab.

Shylock. Dass sie die Pest! Du marterst mich, Tubal. Es war mein Türkis, ich bekam ihn von Lea, als ich noch Junggeselle war; ich hätte ihn nicht für einen Wald von Affen weggegeben.

Tubal. Aber Antonio ist gewiss ruiniert.

Shylock. Ja, das ist wahr! das ist wahr! Geh, Tubal, miete mir einen Amtsdiener, bestell ihn vierzehn Tage vorher.

SHYLOCK. How now, Tubal! what news from Genoa? hast thou found my daughter?

TUBAL. I often came where I did hear of her, but cannot find her.

SHYLOCK. Why, there, there, there, there! a diamond gone, cost me two thousand ducats in Frankfort! The curse never fell upon our nation till now;I never felt it till now: two thousand ducats in that; and other precious, precious jewels. I would my daughter were dead at my foot, and the jewels in her ear! would she were hearsed at my foot, and the ducats in her coffin! No news of them? Why, so: and I know not what's spent in the search: why, thou loss upon loss! the thief gone with so much, and so much to find the thief; and no satisfaction, no revenge: nor no in luck stirring but what lights on my shoulders;no sighs but of my breathing;no tears but of my shedding.

TUBAL. Yes, other men have ill luck too.
Antonio, as I heard in Genoa,--

SHYLOCK. What, what, what? ill luck, ill luck?

TUBAL. Hath an argosy cast away, coming from Tripolis.

SHYLOCK. I thank God, I thank God. Is't true, is't true?

TUBAL. I spoke with some of the sailors that escaped the wreck.

SHYLOCK. I thank thee, good Tubal: good news, good news! ha, ha! where? in Genoa?

TUBAL. Your daughter spent in Genoa, as I heard, in one night fourscore ducats.

SHYLOCK. Thou stickest a dagger in me: I shall never see my gold again: fourscore ducats at a sitting! fourscore ducats!

TUBAL. There came divers of Antonio's creditors in my company to Venice, that swear he cannot choose but break.

SHYLOCK. I am very glad of it: I'll plague him; I'll torture him: I am glad of it.

TUBAL.One of them showed me a ring that he had of your daughter for a monkey.

SHYLOCK. Out upon her! Thou torturest me, Tubal: it was my turquoise; I had it of Leah when I was a bachelor: I would not have given it for a wilderness of monkeys.

TUBAL. But Antonio is certainly undone.

SHYLOCK. Nay, that's true, that's very true.
Go, Tubal, fee me an officer; bespeak him a fortnight before.

Ich will sein Herz haben, wenn er verfällt; denn wenn er aus
Venedig weg ist, so kann ich Handel treiben, wie ich will. Geh, geh,
Tubal, und triff mich bei unsrer Synagoge! geh, guter Tubal! bei
unsrer Synagoge, Tubal! *Ab.*

Zweite Szene
Belmont. Ein Zimmer in Porzias Haus.
Bassanio, Porzia, Graziano, Nerissa und Gefolge treten auf.
Die Kästchen sind aufgestellt.

Porzia. Ich bitt Euch, wartet ein, zwei Tage noch,
Bevor Ihr wagt; denn wählt Ihr falsch, so büße
Ich Euren Umgang ein; darum verzieht.
Ein Etwas sagt mir (doch es ist nicht Liebe),
Ich möcht Euch nicht verlieren; und Ihr wisst,
Es rät der Hass in diesem Sinne nicht.
Allein damit Ihr recht mich deuten möchtet
(Und doch, ein Mädchen spricht nur mit Gedanken),
Behielt' ich gern Euch ein paar Tage hier,
Eh Ihr für mich Euch wagt. Ich könnt Euch leiten
Zur rechten Wahl, dann bräche ich meinen Eid;
Das will ich nie; so könnt Ihr mich verfehlen.
Doch wenn Ihr's tut, macht Ihr mich sündlich wünschen,
Ich hätt ihn nur gebrochen. O der Augen,
Die so bezaubert mich und mich geteilt!
Halb bin ich Euer, die andre Hälfte Euer –
Mein, wollt ich sagen; doch wenn mein, dann Euer,
Und so ganz Euer. O die böse Zeit,
Die Eignern ihre Rechte vorenthält!
Und so, ob Euer schon, nicht Euer.
Trifft es, So sei das Glück dafür verdammt, nicht ich.
Zu lange rede ich, doch nur um die Zeit zu dehnen,
In die Länge sie zu ziehen, die Wahl noch zu verzögern.
Bassanio. Lasst mich wählen,
Denn wie ich jetzt bin, leb ich auf der Folter.
Porzia. Bassanio, auf der Folter? So bekennt,
Was für Verrat in Eurer Liebe steckt.
Bassanio. Allein der hässliche Verrat des Misstrauens,
Der mich am Glück der Liebe zweifeln lässt.
So gut verbände Schnee und Feuer sich
Zum Leben, als Verrat und meine Liebe.

I will have the heart of him, if he forfeit; for, were
he out of Venice, I can make what merchandise I
will. Go, go, Tubal, and meet me at our synagogue;
go, good Tubal; at our synagogue, Tubal. *Exeunt.*

SCENE II.

Belmont. A room in PORTIA'S house.
Enter BASSANIO, PORTIA, GRATIANO, NERISSA, and Attendants.
The caskets are placed.

PORTIA. I pray you, tarry: pause a day or two
Before you hazard; for, in choosing wrong,
I lose your company: therefore forbear awhile.
There's something tells me, but it is not love,
I would not lose you; and you know yourself,
Hate counsels not in such a quality.
But lest you should not understand me well,--
And yet a maiden hath no tongue but thought,--
I would detain you here some month or two
Before you venture for me. I could teach you
How to choose right, but I am then forsworn;
So will I never be: so may you miss me;
But if you do, you'll make me wish a sin,
That I had been forsworn. Beshrew your eyes,
They have o'erlook'd me and divided me;
One half of me is yours, the other half yours,
Mine own, I would say; but if mine, then yours,
And so all yours. O, these naughty times
Put bars between the owners and their rights!
And so, though yours, not yours.
Prove it so, Let fortune go to hell for it, not I.
I speak too long; but 'tis to peize the time,
To eke it and to draw it out in length, to stay you from election.
BASSANIO. Let me choose
For as I am, I live upon the rack.
PORTIA. Upon the rack, Bassanio! then confess
What treason there is mingled with your love.
BASSANIO. None but that ugly treason of mistrust,
Which makes me fear the enjoying of my love:
There may as well be amity and life
'Tween snow and fire, as treason and my love.

73

Porzia. Ja, doch ich sorg, Ihr redet auf der Folter,
Wo sie, gezwungen, sagen, was man will.
Bassanio. Verheißt mir Leben, so bekenn ich Wahrheit.
Porzia. Nun wohl, bekennt und lebt!
Bassanio. Bekennt und liebt!
Mein ganz Bekenntnis wäre dies gewesen.
O selige Folter, wenn der Folterer
Mich Antwort lehrt zu meiner Lossprechung?
Doch lasst mein Heil mich bei den Kästchen suchen.
Porzia. Hinzu denn! Eins darunter schließt mich ein;
Wenn Ihr mich liebt, so findet Ihr es aus.
Nerissa und ihr andern steht beiseite. –
Lasst nun Musik ertönen, weil er wählt!
So, wenn er fehltrifft, end' er Schwanen gleich
Hinsterbend in Musik; dass die Vergleichung
Noch näher passe, sei mein Aug der Strom,
Sein wässriges Totenbett. Er kann gewinnen,
Und was ist dann Musik? Dann ist Musik
Wie Paukenklang, wenn sich ein treues Volk
Dem neugekrönten Fürsten neigt; ganz so
Wie jene süßen Tön in erster Frühe,
Die in des Bräutigams schlummernd Ohr sich schleichen
Und ihn zur Hochzeit laden. Jetzt geht er
Mit minder Anstand nicht, mit weit mehr Liebe,
Als einst Alcides, da er den Tribut
Der Jungfrau löste, welchen Troja heulend
Dem Seeuntier gezahlt. Ich steh als Opfer,
Die dort von fern sind die Dardanschen Frauen
Mit rotgeweinten Augen, ausgegangen,
Der Tat Erfolg zu sehn. – Geh, Herkules!
Leb du, so leb ich! mit viel stärkerem Bangen
Sehe ich den Kampf, als du ihn eingegangen.
Musik, während Bassanio über die Kästchen mit sich zu Rat geht.

Lied

Erste Stimme.
Sagt, woher stammt Liebeslust?
Aus den Sinnen, aus der Brust?
Ist euch ihr Lebenslauf bewusst?
Antworte, antworte.

74

PORTIA. Ay, but I fear you speak upon the rack,
Where men enforced do speak anything.
BASSANIO. Promise me life, and I'll confess the truth.
PORTIA. Well then, confess and live.
BASSANIO. 'Confess' and 'love'
Had been the very sum of my confession:
O happy torment, when my torturer
Doth teach me answers for deliverance!
But let me to my fortune and the caskets.
PORTIA. Away, then! I am lock'd in one of them:
If you do love me, you will find me out.
Nerissa and the rest, stand all aloof.
Let music sound while he doth make his choice;
Then, if he lose, he makes a swan-like end,
Fading in music: that the comparison
May stand more proper, my eye shall be the stream
And watery death-bed for him. He may win;
And what is music then? Then music is
Even as the flourish when true subjects bow
To a new-crowned monarch: such it is
As are those dulcet sounds in break of day
That creep into the dreaming bridegroom's ear,
And summon him to marriage. Now he goes,
With no less presence, but with much more love,
Than young Alcides, when he did redeem
The virgin tribute paid by howling Troy
To the sea-monster: I stand for sacrifice
The rest aloof are the Dardanian wives,
With bleared visages, come forth to view
The issue of the exploit. Go, Hercules!
Live thou, I live: with much, much more dismay
I view the fight than thou that makest the fray.
Music, whilst BASSANIO comments on the caskets to himself.

Song

First voice.
Tell me where is fancy bred,
Or in the heart, or in the head?
How begot, how nourished?
Reply, reply.

Zweite Stimme.
In den Augen erst gehegt,
Wird Liebeslust durch Schauen gepflegt;
Stirbt das Kindchen, beigelegt
In der Wiege, die es trägt,
Läutet Totenglöckchen ihm;
Ich beginne: Bim! bim! bim!
Chor.
Bim! bim! bim!
Bassanio. – So ist oft äußerer Schein sich selber fremd,
Die Welt wird immerdar durch Zier berückt.
Im Recht, wo ist ein Handel so verderbt,
Der nicht, geschmückt von einer holden Stimme,
Des Bösen Schein verdeckt? Im Gottesdienst,
Wo ist ein Irrwahn, den ein ehrbar Haupt
Nicht heiligte, mit Sprüchen nicht belegte,
Und bürge die Verdammlichkeit durch Schmuck?
Kein Laster ist so blöde, das von Tugend
Im äußern Tun nicht Zeichen an sich nähme.
Wie manche Feige, die Gefahren stehen
Wie Spreu dem Winde, tragen doch am Kinn
Den Bart des Herkules und finstern Mars,
Fließt gleich in ihren Herzen Blut wie Milch!
Und diese leihen des Mutes Auswuchs nur,
Um furchtbar sich zu machen. Blickt auf Schönheit,
Ihr werdet sehn, man kauft sie nach Gewicht,
Das hier ein Wunder der Natur bewirkt,
Und die es tragen, um so lockerer macht.
So diese schlänglicht krausen goldenen Locken,
Die mit den Lüften so mutwillig hüpfen
Auf angemaßtem Reiz: man kennt sie oft
Als eines zweiten Kopfes Ausstattung,
Der Schädel der sie trug, liegt in der Gruft.
So ist denn Zier die trügerische Küste
Von einer schlimmen See, der schöne Schleier,
Der Indiens Schöne birgt; mit einem Wort:
Die Scheinwahrheit, womit die schlaue Zeit
Auch Weise fängt. Darum, du gleißend Gold,
Des Midas harte Kost, dich will ich nicht,
Noch dich, gemeiner, bleicher Botenläufer
Von Mann zu Mann; doch du, du mageres Blei,

Second voice.
It is engender'd in the eyes,
With gazing fed; and fancy dies
In the cradle where it lies.
Let us all ring fancy's knell
I'll begin it,--Ding, dong, bell.
ALL.
Ding, dong, bell.
BASSANIO. So may the outward shows be least themselves:
The world is still deceived with ornament.
In law, what plea so tainted and corrupt,
But, being seasoned with a gracious voice,
Obscures the show of evil? In religion,
What damned error, but some sober brow
Will bless it and approve it with a text,
Hiding the grossness with fair ornament?
There is no vice so simple but assumes
Some mark of virtue on his outward parts:
How many cowards, whose hearts are all as false
As stairs of sand, wear yet upon their chins
The beards of Hercules and frowning Mars;
Who, inward search'd, have livers white as milk;
And these assume but valour's excrement
To render them redoubted! Look on beauty,
And you shall see 'tis purchased by the weight;
Which therein works a miracle in nature,
Making them lightest that wear most of it:
So are those crisped snaky golden locks
Which make such wanton gambols with the wind,
Upon supposed fairness, often known
To be the dowry of a second head,
The skull that bred them in the sepulchre.
Thus ornament is but the guiled shore
To a most dangerous sea; the beauteous scarf
Veiling an Indian beauty; in a word,
The seeming truth which cunning times put on
To entrap the wisest. Therefore, thou gaudy gold,
Hard food for Midas, I will none of thee;
Nor none of thee, thou pale and common drudge
'Tween man and man: but thou, thou meagre lead,

Das eher droht als irgendwas verheißt,
Dein schlichtes Ansehen spricht beredt mich an:
Ich wähle hier, und sei es wohlgetan!
Porzia. Wie jede Regung fort die Lüfte tragen!
Als irre Zweifel, ungestüm Verzagen
Und bange Schauer und blasse Schüchternheit.
O Liebe, mäßige dich in deiner Seligkeit!
Halt ein, lasse deine Freuden sanfter regnen;
Zu stark fühl ich, du musst mich minder segnen,
Damit ich nicht vergehe.
Bassanio *öffnet das bleierne Kästchen.*
Was find ich hier?
Der schönen Porzia Bildnis? Welcher Halbgott
Kam so der Schöpfung nah? Regt sich dies Auge?
Wie, oder schwebend auf des meinen Wölbung,
Scheint es bewegt? Hier sind erschlossene Lippen,
Die Nektarodem trennt: so süße Scheidung
Muss zwischen solchen süßen Freunden sein.
Der Maler spielte hier in ihrem Haar,
Die Spinne wob ein Netz, der Männer Herzen
Zu fangen wie die Mück im Spinngewebe.
Doch ihre Augen – o wie konnte er sehn,
Um sie zu malen? Da er eins gemalt,
Dünkt mich, es musst ihm seine beiden stehlen
Und ungepaart sich lassen. Doch seht, soweit
Die Wahrheit meines Lobes diesem Schatten
Zu nahe tut, da es ihn unterschätzt,
Soweit lässt diesen Schatten hinter sich
Die Wahrheit selbst zurück. – Hier ist der Zettel,
Der Inbegriff und Auszug meines Glücks. *Liest.*
    «Ihr, der nicht auf Schein gesehen:
    Wählt so recht und trefft so schön!
    Weil Euch dieses Glück geschehen,
    Wollet nicht nach anderem gehen.
    Ist Euch dies nach Wunsch getan
    Und findet Ihr Heil auf dieser Bahn,
    Müsst Ihr Eurer Liebsten nahen,
    Und sprecht mit holdem Kuss sie an.»
Ein freundlich Blatt – erlaubt, mein holdes Leben, *(er küsst sie)*
Ich komm, auf Schein zu nehmen und zu geben,
Wie, wer um einen Preis mit andern ringt

Which rather threatenest than dost promise aught,
Thy paleness moves me more than eloquence;
And here choose I; joy be the consequence!
PORTIA. [Aside] How all the other passions fleet to air,
As doubtful thoughts, and rash-embraced despair,
And shuddering fear, and green-eyed jealousy! O love,
Be moderate; allay thy ecstasy,
In measure rein thy joy; scant this excess.
I feel too much thy blessing: make it less,
For fear I surfeit.
BASSANIO *opening the leaden casket.*
What find I here?
Fair Portia's counterfeit! What demi-god
Hath come so near creation? Move these eyes?
Or whether, riding on the balls of mine,
Seem they in motion? Here are sever'd lips,
Parted with sugar breath: so sweet a bar
Should sunder such sweet friends. Here in her hairs
The painter plays the spider and hath woven
A golden mesh to entrap the hearts of men,
Faster than gnats in cobwebs; but her eyes,--
How could he see to do them? having made one,
Methinks it should have power to steal both his
And leave itself unfurnish'd. Yet look, how far
The substance of my praise doth wrong this shadow
In underprizing it, so far this shadow
Doth limp behind the substance. Here's the scroll,
The continent and summary of my fortune. *Reads.*
You that choose not by the view,
Chance as fair and choose as true!
Since this fortune falls to you,
Be content and seek no new,
If you be well pleased with this
And hold your fortune for your bliss,
Turn you where your lady is
And claim her with a loving kiss.
A gentle scroll. Fair lady, by your leave; *(he kisses her)*
I come by note, to give and to receive.
Like one of two contending in a prize,

Und glaubt, dass vor dem Volk sein Tun gelingt;
Er hört den Beifall, Jubel schallt zum Himmel:
Im Geist benebelt, staunt er – «Dies Getümmel
Des Preises», fragt er sich, «gilt es denn mir?»
So, dreimal holdes Fräulein, steh ich hier,
Noch zweifelnd, ob kein Trug mein Auge blendet,
Bis Ihr bestätigt, zeichnet, anerkennt.
Porzia. Ihr seht mich, Don Bassanio, wo ich stehe,
So wie ich bin. Obschon für mich allein
Ich nicht ehrgeizig wär in meinem Wunsch,
Viel besser mich zu wünschen; doch für Euch
Wollt ich verdreifacht zwanzigmal ich selbst sein,
Noch tausendmal so schön, zehntausendmal so reich. –
Nur um in Eurer Schätzung hoch zu stehen
Möcht ich an Gaben, Reizen, Gütern, Freunden
Unschätzbar sein; doch meine volle Summa
Macht etwas nur: das ist, in Bausch und Bogen,
Ein unerzogenes, ungelehrtes Mädchen,
Darin beglückt, dass sie noch nicht zu alt
Zum Lernen ist; noch glücklicher, dass sie
Zum Lernen nicht zu blöde ward geboren;
Am glücklichsten, weil sie ihr weich Gemüt
Dem Euren überlässt, dass Ihr sie lenkt
Als ihr Gemahl, ihr Führer und ihr König.
Ich selbst, und was nur mein, ist Euch und Eurem
Nun zugewandt; noch eben war ich Eigner
Des schönen Guts hier, Herrin meiner Leute,
Monarchin meiner selbst; und eben jetzt
Sind Haus und Leute und ebendies «ich selbst»
Euer eigen, Herr. Nehmt sie mit diesem Ring;
Doch trennt Ihr Euch von ihm, verliert, verschenkt ihn,
So prophezei es Eurer Liebe Fall,
Und sei mein Anspruch gegen Euch zu klagen.
Bassanio. Fräulein, Ihr habt der Worte mich beraubt,
Mein Blut nur in den Adern spricht zu Euch;
Verwirrung ist in meinen Lebensgeistern,
Wie sie nach einer wohl gesprochenen Rede
Von einem teuren Prinzen wohl im Kreis
Der murmelnden zufriedenen Meng erscheint,
Wo jedes Etwas, ineinander fließend,
Zu einem Chaos wird von nichts als Freude,

That thinks he hath done well in people's eyes,
Hearing applause and universal shout,
Giddy in spirit, still gazing in a doubt
Whether these pearls of praise be his or no;
So, thrice fair lady, stand I, even so;
As doubtful whether what I see be true,
Until confirm'd, sign'd, ratified by you.
PORTIA. You see me, Lord Bassanio, where I stand,
Such as I am: though for myself alone
I would not be ambitious in my wish,
To wish myself much better; yet, for you
I would be trebled twenty times myself;
A thousand times more fair, ten thousand times more rich;
That only to stand high in your account,
I might in virtue, beauties, livings, friends,
Exceed account; but the full sum of me
Is sum of something, which, to term in gross,
Is an unlesson'd girl, unschool'd, unpractised;
Happy in this, she is not yet so old
But she may learn; happier than this,
She is not bred so dull but she can learn;
Happiest of all is that her gentle spirit
Commits itself to yours to be directed,
As from her lord, her governor, her king.
Myself and what is mine to you and yours
Is now converted: but now I was the lord
Of this fair mansion, master of my servants,
Queen o'er myself: and even now, but now,
This house, these servants and this same myself
Are yours, my lord: I give them with this ring;
Which when you part from, lose, or give away,
Let it presage the ruin of your love
And be my vantage to exclaim on you.
BASSANIO. Madam, you have bereft me of all words,
Only my blood speaks to you in my veins;
And there is such confusion in my powers,
As after some oration fairly spoke
By a beloved prince, there doth appear
Among the buzzing pleased multitude;
Where every something, being blent together,
Turns to a wild of nothing, save of joy,

Laut und doch sprachlos. – Doch weicht dieser Ring
Von diesem Finger, dann weicht hier das Leben;
O dann sagt kühn, Bassanio sei tot!
Nerissa. Mein Herr und Fräulein, jetzt ist unsre Zeit,
Die wir dabei gestanden und die Wünsche
Gelingen sehn, zu rufen: Freud und Heil!
Habt Freud und Heil, mein Fräulein und mein Herr!
Graziano. Mein Freund Bassanio und mein wertes Fräulein,
Ich wünsch euch, was für Freud ihr wünschen könnt;
Denn sicher wünscht ihr keine von mir weg.
Und wenn ihr beiderseits zu feiern denkt
Den Austausch eurer Treue, bitt ich euch,
Dass ich zugleich mich auch verbinden dürfe.
Bassanio. Von Herzen gern, kannst du ein Weib dir schaffen.
Graziano. Ich dank Euch, Herr, Ihr schafftet mir ein Weib.
Mein Auge kann so hurtig schauen als Eures;
Ihr saht das Fräulein, ich die Dienerin;
Ihr liebtet und ich liebte; denn Verzug
Steht mir nicht besser an als Euch, Bassanio.
Euer eignes Glück hing an den Kästchen dort,
Und so auch meines, wie es sich gefügt.
Denn werbend hier, bis ich in Schweiß geriet,
Und schwörend, bis mein Gaumen von Liebesschwüren
Ganz trocken war, ward ich zuletzt – geletzt
Durch ein Versprechen dieser Schönen hier,
Mir Liebe zu erwidern, wenn Euer Glück ihr Fräulein erst gewönne.
Porzia. Ist's wahr, Nerissa?
Nerissa. Ja, Fräulein, wenn Ihr Euren Beifall gebt.
Bassanio. Und meint Ihr's, Graziano, recht im Ernst?
Graziano. Ja, auf mein Wort, mein Herr.
Bassanio. Ihr ehrt durch Eure Heirat unser Fest.
Graziano. Wir wollen mit ihnen auf den ersten Jungen wetten um
tausend Dukaten.
Doch wer kommt hier; Lorenzo und sein Heidenkind?
Wie? und mein alter Landsmann, Freund Salerio?
Lorenzo, Jessica und Salerio treten auf.
Bassanio. Lorenzo und Salerio, willkommen,
Sofern die Jugend meines Ansehens hier
Willkommen heißen darf. Erlaubet mir,
Ich heiße meine Freund und Landesleute
Willkommen, holde Porzia.

82

Express'd and not express'd. But when this ring
Parts from this finger, then parts life from hence:
O, then be bold to say Bassanio's dead!
NERISSA. My lord and lady, it is now our time,
That have stood by and seen our wishes prosper,
To cry, good joy: good joy, my lord and lady!
GRATIANO. My lord Bassanio and my gentle lady,
I wish you all the joy that you can wish;
For I am sure you can wish none from me:
And when your honours mean to solemnize
The bargain of your faith, I do beseech you,
Even at that time I may be married too.
BASSANIO. With all my heart, so thou canst get a wife.
GRATIANO. I thank your lordship, you have got me one.
My eyes, my lord, can look as swift as yours:
You saw the mistress, I beheld the maid;
You loved, I loved for intermission.
No more pertains to me, my lord, than you.
Your fortune stood upon the casket there,
And so did mine too, as the matter falls;
For wooing here until I sweat again,
And sweating until my very roof was dry
With oaths of love, at last, if promise last,
I got a promise of this fair one here
To have her love, provided that your fortune achieved her mistress.
PORTIA. Is this true, Nerissa?
NERISSA. Madam, it is, so you stand pleased withal.
BASSANIO. And do you, Gratiano, mean good faith?
GRATIANO. Yes, faith, my lord.
BASSANIO. Our feast shall be much honour'd in your marriage.
GRATIANO.
We'll play with them the first boy for a thousand ducats.
NERISSA. What, and stake down?
GRATIANO. No; we shall ne'er win at that sport, and stake down.
But who comes here? Lorenzo and his infidel?
What, and my old Venetian friend Salerio?
Enter LORENZO, JESSICA, and SALERIO.
BASSANIO. Lorenzo and Salerio, welcome hither;
If that the youth of my new interest here
Have power to bid you welcome. By your leave,
I bid my very friends and countrymen, sweet Portia, welcome.

Porzia. Ich mit Euch;
Sie sind mir sehr willkommen.
Lorenzo. Dank Euer Gnaden! – Was mich angeht, Herr,
Mein Vorsatz war es nicht, Euch hier zu sehen;
Doch da ich unterwegs Salerio traf,
So bat er mich, dass ich's nicht weigern konnte,
Hierher ihn zu begleiten.
Salerio. Ja, ich tat's
Und habe Grund dazu. Signore Antonio
Empfiehlt sich Euch. *(Gibt dem Bassanio einen Brief.)*
Bassanio. Eh ich den Brief erbreche,
Sagt, wie befindet sich mein wackrer Freund?
Salerio. Nicht krank, Herr, wenn er's im Gemüt nicht ist,
Noch wohl, als im Gemüt; der Brief da wird
Euch seinen Zustand melden.
Graziano. Nerissa, muntert dort die Fremde auf,
Heißt sie willkommen. Eure Hand, Salerio!
Was bringt Ihr von Venedig mit? Wie geht's
Dem königlichen Kaufmann, dem Antonio?
Ich weiß, er wird sich unsers Glückes freuen;
Wir sind die Iasons, die das Vlies gewonnen.
Salerio. O hättet Ihr das Vlies, das er verlor.
Porzia. In dem Papier ist ein feindseliger Inhalt,
Es stiehlt die Farbe von Bassanios Wangen.
Ein teurer Freund tot; nichts auf Erden sonst,
Was eines festgesinnten Mannes Fassung
So ganz verwandeln kann. Wie? schlimm und schlimmer?
Erlaubt, Bassanio, ich bin halb Ihr selbst,
Und mir gebührt die Hälfte auch von allem,
Was dies Papier Euch bringt.
Bassanio. O werte Porzia,
Hier sind ein paar so widerwärtige Worte,
Als je Papier bedeckten. Holdes Fräulein,
Als ich zuerst Euch meine Liebe bot,
Sagt ich Euch frei, mein ganzer Reichtum rinne
In meinen Adern: ich sei Edelmann;
Und dann sagt ich Euch wahr. Doch, teures Fräulein,
Da ich auf nichts mich schätzte, sollt Ihr sehn,
Wie sehr ich Prahler war. Da ich Euch sagte,
Mein Gut sei nichts, hätt ich Euch sagen sollen,
Es sei noch unter nichts; denn in der Tat,

PORTIA. So do I, my lord:
They are entirely welcome.
LORENZO. I thank your honour. For my part, my lord,
My purpose was not to have seen you here;
But meeting with Salerio by the way,
He did entreat me, past all saying nay,
To come with him along.
SALERIO. I did, my lord;
And I have reason for it. Signior Antonio
Commends him to you.
Gives Bassanio a letter
BASSANIO. Ere I ope his letter,
I pray you, tell me how my good friend doth.
SALERIO. Not sick, my lord, unless it be in mind;
Nor well, unless in mind: his letter there
Will show you his estate.
GRATIANO. Nerissa, cheer yon stranger; bid her welcome.
Your hand, Salerio: what's the news from Venice?
How doth that royal merchant, good Antonio?
I know he will be glad of our success;
We are the Jasons, we have won the fleece.
SALERIO. I would you had won the fleece that he hath lost.
PORTIA. There are some shrewd contents in yon same paper,
That steals the colour from Bassanio's cheek:
Some dear friend dead; else nothing in the world
Could turn so much the constitution
Of any constant man. What, worse and worse!
With leave, Bassanio: I am half yourself,
And I must freely have the half of anything
That this same paper brings you.
BASSANIO. O sweet Portia,
Here are a few of the unpleasant'st words
That ever blotted paper! Gentle lady,
When I did first impart my love to you,
I freely told you, all the wealth I had
Ran in my veins, I was a gentleman;
And then I told you true: and yet, dear lady,
Rating myself at nothing, you shall see
How much I was a braggart. When I told you
My state was nothing, I should then have told you
That I was worse than nothing; for, indeed,

Mich selbst verband ich einem teuren Freunde,
Den Freund verband ich seinem ärgsten Feind,
Um mir zu helfen. Hier, Fräulein, ist ein Brief,
Das Blatt Papier, wie meines Freundes Leib
Und jedes Wort drauf eine offene Wunde,
Der Lebensblut entströmt. – Doch ist es wahr,
Salerio? Sind denn alle Unternehmen
Ihm fehlgeschlagen? Wie, nicht eins gelang?
Von Tripolis, von Mexiko, von England,
Von Indien, Lissabon, der Berberei?
Und nicht *ein* Schiff entging dem furchtbaren Anstoß
Von Armut drohenden Klippen?
Salerio. Nein, nicht eins.
Und außerdem, so scheint es, hätt er selbst
Das bare Geld, den Juden zu bezahlen,
Der nähme es nicht. Nie kannte ich ein Geschöpf,
Das die Gestalt von einem Menschen trug,
So gierig, einen Menschen zu vernichten.
Er liegt dem Dogen früh und spät im Ohr
Und klagt des Staats verletzte Freiheit an,
Wenn man sein Recht ihm weigert. Zwanzig Handelsleute,
Der Doge selber und die Senatoren
Vom größten Ansehen reden all ihm zu;
Doch niemand kann aus der Schikane ihn treiben
Von Recht, verfallener Buße und seinem Schein.
Jessica. Als ich noch bei ihm war, hört ich ihn schwören
Vor seinen Landesleuten Chus und Tubal,
Er wolle lieber des Antonio Fleisch
Als den Betrag der Summe zwanzigmal,
Die er ihm schuldig sei. Und, Herr, ich weiß,
Wenn ihm nicht Recht, Gewalt und Ansehen wehrt,
Wird es dem armen Manne schlimm ergehen.
Porzia. Ist's Euch ein teurer Freund, der so in Not ist?
Bassanio. Der teuerste Freund, der liebevollste Mann,
Das unermüdet willigste Gemüt
Zu Dienstleistungen und ein Mann, an dem
Die alte Römerehre mehr erscheint
Als sonst an wem, der in Italien lebt.
Porzia. Welch eine Summ' ist er dem Juden schuldig?
Bassanio. Für mich, dreitausend Dukaten.
Porzia. Wie? nicht mehr?

86

I have engaged myself to a dear friend,
Engaged my friend to his mere enemy,
To feed my means. Here is a letter, lady;
The paper as the body of my friend,
And every word in it a gaping wound,
Issuing life-blood. But is it true, Salerio?
Have all his ventures fail'd? What, not one hit?
From Tripolis, from Mexico and England,
From Lisbon, Barbary and India?
And not one vessel 'scape the dreadful touch
Of merchant-marring rocks?
SALERIO. Not one, my lord.
Besides, it should appear, that if he had
The present money to discharge the Jew,
He would not take it. Never did I know
A creature, that did bear the shape of man,
So keen and greedy to confound a man:
He plies the duke at morning and at night,
And doth impeach the freedom of the state,
If they deny him justice: twenty merchants,
The duke himself, and the magnificoes
Of greatest port, have all persuaded with him;
But none can drive him from the envious plea
Of forfeiture, of justice and his bond.
JESSICA. When I was with him I have heard him swear
To Tubal and to Chus, his countrymen,
That he would rather have Antonio's flesh
Than twenty times the value of the sum
That he did owe him: and I know, my lord,
If law, authority and power deny not,
It will go hard with poor Antonio.
PORTIA. Is it your dear friend that is thus in trouble?
BASSANIO. The dearest friend to me, the kindest man,
The best-condition'd and unwearied spirit
In doing courtesies, and one in whom
The ancient Roman honour more appears
Than any that draws breath in Italy.
PORTIA. What sum owes he the Jew?
BASSANIO. For me three thousand ducats.
PORTIA. What, no more?

Zahlt ihm sechstausend aus und tilgt den Schein,
Doppelt sechstausend, dann verdreifacht das,
Eh einem Freunde dieser Art ein Haar
Gekränkt soll werden durch Bassanios Schuld.
Erst geht mit mir zur Kirch und nennt mich Weib,
Dann nach Venedig fort zu Eurem Freund,
Denn nie sollt Ihr an Porzias Seite liegen
Mit Unruh in der Brust. Gold gebe ich Euch,
Um zwanzigmal die kleine Schuld zu zahlen;
Zahlt sie und bringt den echten Freund mit Euch.
Nerissa und ich selbst indessen leben
Wie Mädchen und wie Witwen. Kommt mit mir,
Ihr sollt auf Euren Hochzeitstag von hier.
Begrüßt die Freunde, lasst den Mut nichts trüben;
So teuer gekauft, will ich Euch teuer lieben. –
Doch lasst mich hören Eures Freundes Brief.
Bassanio *liest.*
«Liebster Bassanio! Meine Schiffe sind alle verunglückt,meine Gläu-
biger werden grausam, mein Glücksstand ist ganz zerrüttet, meine
Verschreibung an den Juden ist verfallen, und da es unmöglich ist,
dass ich lebe, wenn ich sie zahle, so sind alle Schulden zwischen
mir und Euch berichtigt. Wenn ich Euch nur bei meinem Tode sehen
könnte! Jedoch handelt nach Belieben; wenn Eure Liebe Euch nicht
überredet, zu kommen, so muss es mein Brief nicht.
Porzia. O Liebster, geht, lasst alles andre liegen!
Bassanio. Ja, eilen will ich, da mir Eure Huld
Zu gehen erlaubt; doch bis ich hier zurück,
Sei nie ein Bett an meinem Zögern schuld,
Noch trete Ruhe zwischen unser Glück! *Alle ab.*

Dritte Szene
Venedig. Eine Straße.
Shylock, Solanio, Antonio und Gefangenwärter treten auf.

Shylock. Acht auf ihn, Schließer! – Sagt mir nicht von Gnade, dies
ist der Narr, der Geld umsonst auslieh. – Acht auf ihn, Schließer!
Antonio. Hört mich, guter Shylock.
Shylock. Ich will den Schein, nichts gegen meinen Schein!
Ich tat 'nen Eid, auf meinen Schein zu dringen.
Du nanntest Hund mich, eh du Grund gehabt;
Bin ich ein Hund, so meide meine Zähne.

Pay him six thousand, and deface the bond;
Double six thousand, and then treble that,
Before a friend of this description
Shall lose a hair through Bassanio's fault.
First go with me to church and call me wife,
And then away to Venice to your friend;
For never shall you lie by Portia's side
With an unquiet soul. You shall have gold
To pay the petty debt twenty times over:
When it is paid, bring your true friend along.
My maid Nerissa and myself meantime
Will live as maids and widows. Come, away!
For you shall hence upon your wedding-day:
Bid your friends welcome, show a merry cheer:
Since you are dear bought, I will love you dear.
But let me hear the letter of your friend.
BASSANIO *reads.*
Sweet Bassanio, my ships have all miscarried, my creditors grow
cruel, my estate is very low, my bond to the Jew is forfeit; and since
in paying it, it is impossible I should live, all debts are cleared bet-
ween you and I, if I might but see you at my death.
Notwithstanding, use your pleasure:if your love do not persuade you
to come, let not my letter.
PORTIA. O love, dispatch all business, and be gone!
BASSANIO. Since I have your good leave to go away,
I will make haste: but, till I come again,
No bed shall e'er be guilty of my stay,
No rest be interposer 'twixt us twain. *Exeunt.*

SCENE III.
Venice. A street.
Enter SHYLOCK, SALARINO, ANTONIO, and Gaoler.

SHYLOCK. Gaoler, look to him: tell not me of mercy;
This is the fool that lent out money gratis: Gaoler, look to him.
ANTONIO. Hear me yet, good Shylock.
SHYLOCK. I'll have my bond; speak not against my bond:
I have sworn an oath that I will have my bond.
Thou call'dst me dog before thou hadst a cause;
But, since I am a dog, beware my fangs:

Der Doge soll mein Recht mir tun. – Mich wundert's,
Dass du so töricht bist, du loser Schließer,
Auf sein Verlangen mit ihm auszugehen.
Antonio. Ich bitte, hör mich reden.
Shylock. Ich will den Schein, ich will nicht reden hören,
Ich will den Schein, und also sprich nicht mehr.
Ich macht mich nicht zum schwachen, blinden Narren,
Der seinen Kopf wiegt, seufzt, bedauert, nachgibt
Den christlichen Vermittlern. Folg mir nicht,
Ich will kein Reden, meinen Schein will ich. *Shylock ab.*
Solanio. Das ist ein unbarmherziger Hund, wie's keinen
Je unter Menschen gab.
Antonio. Lasst ihn nur gehen,
Ich geh ihm nicht mehr nach mit eitlen Bitten.
Er sucht mein Leben, und ich weiß warum;
Oft hab ich Schuldner, die mir vorgeklagt,
Davon erlöst, in Buße ihm zu verfallen;
Deswegen hasst er mich.
Solanio. Gewiss, der Doge
Gibt nimmer zu, dass diese Buße gilt.
Antonio. Der Doge kann des Rechtes Lauf nicht hemmen;
Denn die Bequemlichkeit, die Fremde finden
Hier in Venedig, wenn man sie versagt,
Setzt die Gerechtigkeit des Staats herab,
Weil der Gewinn und Handel dieser Stadt
Beruht auf allen Völkern. Gehen wir denn!
Der Gram und der Verlust zehrt so an mir
Kaum werde ich ein Pfund Fleisch noch übrig haben
Auf morgen für den blutigen Gläubiger.
Komm, Schließer! Gebe Gott, dass nur Bassanio
Mich für ihn zahlen sieht, so gilt mir's gleich. *Ab.*

Vierte Szene
Belmont. Ein Zimmer in Porzias Haus.
Porzia, Nerissa, Lorenzo, Jessica und Balthasar kommen.

Lorenzo. Mein Fräulein, sag ich's schon in Eurem Beisein,
Ihr habt ein edles und ein echt Gefühl
Von göttergleicher Freundschaft; das beweist Ihr,
Da Ihr die Trennung vom Gemahl so tragt.
Doch wüsstet Ihr, wem Ihr die Ehr erzeigt,

The duke shall grant me justice. I do wonder,
Thou naughty gaoler, that thou art so fond
To come abroad with him at his request.
ANTONIO. I pray thee, hear me speak.
SHYLOCK. I'll have my bond; I will not hear thee speak:
I'll have my bond; and therefore speak no more.
I'll not be made a soft and dull-eyed fool,
To shake the head, relent, and sigh, and yield
To Christian intercessors. Follow not;
I'll have no speaking: I will have my bond. *Exit.*
SALARINO. It is the most impenetrable cur
That ever kept with men.
ANTONIO. Let him alone:
I'll follow him no more with bootless prayers.
He seeks my life; his reason well I know:
I oft deliver'd from his forfeitures
Many that have at times made moan to me;
Therefore he hates me.
SALARINO. I am sure the duke
Will never grant this forfeiture to hold.
ANTONIO. The duke cannot deny the course of law:
For the commodity that strangers have
With us in Venice, if it be denied,
Will much impeach the justice of his state;
Since that the trade and profit of the city
Consisteth of all nations. Therefore, go:
These griefs and losses have so bated me,
That I shall hardly spare a pound of flesh
To-morrow to my bloody creditor.
Well, gaoler, on. Pray God, Bassanio come
To see me pay his debt, and then I care not! *Exeunt.*

SCENE IV.
Belmont. A room in PORTIA'S house.
Enter PORTIA, NERISSA, LORENZO, JESSICA, and BALTHASAR.

LORENZO. Madam, although I speak it in your presence,
You have a noble and a true conceit
Of godlike amity; which appears most strongly
In bearing thus the absence of your lord.
But if you knew to whom you show this honour,

91

Welch einem biedern Mann Ihr Hilfe sendet,
Welch einem lieben Freunde Eures Gatten,
Ich weiß, Ihr wäret stolzer auf das Werk,
Als Euch gewohnte Güte drängen kann.
Porzia. Noch nie bereut ich, dass ich Gutes tat,
Und werde es jetzt auch nicht; denn bei Genossen,
Die miteinander ihre Zeit verleben
Und deren Herz *ein* Joch der Liebe trägt,
Da muss unfehlbar auch ein Ebenmaß
Von Zügen sein, von Sitten und Gemüt.
Dies macht mich glauben, der Antonio,
Als Busenfreund von meinem Gatten, müsse
Durchaus ihm ähnlich sein. Wenn es so ist,
Wie wenig ist es, was ich aufgewandt,
Um meiner Seele Ebenbild zu lösen
Aus einem Zustand höllischer Grausamkeit!
Doch dies kommt einem Selbstlob allzu nah;
Darum nichts mehr davon. Hört andre Dinge:
Lorenzo, ich vertrau in Eure Hand
Die Wirtschaft und die Führung meines Hauses,
Bis zu Bassanios Rückkehr; für mein Teil
Ich sandte ein heimliches Gelübde zum Himmel,
Zu leben in Beschauung und Gebet,
Allein begleitet von Nerissa hier,
Bis zu der Rückkunft unser beider Gatten.
Ein Kloster liegt zwei Meilen weit von hier,
Da wollen wir verweilen. Ich ersuch Euch:
Lehnt nicht den Auftrag ab, den meine Liebe
Und eine Nötigung des Zufalls jetzt
Euch auferlegt.
Lorenzo. Von ganzem Herzen, Fräulein;
In allem ist mir Euer Wink Befehl.
Porzia. Schon wissen meine Leute meinen Willen
Und werden Euch und Jessica erkennen
An meiner eignen und Bassanios Statt.
So lebt denn wohl, bis wir uns wiedersehn!
Lorenzo. Sei froher Mut mit Euch und heitre Stunden!
Jessica. Ich wünsch Euer Gnaden alle Herzensfreude.
Porzia. Ich dank Euch für den Wunsch und bin geneigt,
Ihn Euch zurückzuwünschen. – Jessica, lebt wohl!
Jessica und Lorenzo ab.

How true a gentleman you send relief,
How dear a lover of my lord your husband,
I know you would be prouder of the work
Than customary bounty can enforce you.
PORTIA. I never did repent for doing good,
Nor shall not now: for in companions
That do converse and waste the time together,
Whose souls do bear an equal yoke Of love,
There must be needs a like proportion
Of lineaments, of manners and of spirit;
Which makes me think that this Antonio,
Being the bosom lover of my lord,
Must needs be like my lord. If it be so,
How little is the cost I have bestow'd
In purchasing the semblance of my soul
From out the state of hellish misery!
This comes too near the praising of myself;
Therefore no more of it: hear other things.
Lorenzo, I commit into your hands
The husbandry and manage of my house
Until my lord's return: for mine own part,
I have toward heaven breathed a secret vow
To live in prayer and contemplation,
Only attended by Nerissa here,
Until her husband and my lord's return:
There is a monastery two miles off;
And there will we abide. I do desire you
Not to deny this imposition;
The which my love and some necessity
Now lays upon you.
LORENZO. Madam, with all my heart;
I shall obey you in all fair commands.
PORTIA. My people do already know my mind,
And will acknowledge you and Jessica
In place of Lord Bassanio and myself.
And so farewell, till we shall meet again.
LORENZO. Fair thoughts and happy hours attend on you!
JESSICA. I wish your ladyship all heart's content.
PORTIA. I thank you for your wish, and am well pleased
To wish it back on you: fare you well Jessica.
Exeunt JESSICA and LORENZO

Nun, Balthasar, ie ich dich immer treu und redlich fand,
Lasse mich auch jetzt dich finden. Nimm den Brief
Und eile, was in Menschenkräften steht,
Nach Padua; gib ihn zu eignen Händen
An meinen Vetter ab, Doktor Bellario.
Sieh zu, was er dir für Papiere gibt
Und Kleider; bringe die in höchster Eil
Zur Überfahrt an die gemeine Fähre,
Die nach Venedig schifft. Verlier die Zeit
Mit Worten nicht; geh, ich bin vor dir da.
Balthasar. Fräulein, ich geh mit aller schuldigen Eil. *Ab.*
Porzia. Nerissa, komm. Ich hab ein Werk zur Hand,
Wovon du noch nicht weißt; wir wollen unsre Männer,
Eh sie es denken, sehn.
Nerissa. Und sie auch uns?
Porzia. Jawohl, Nerissa, doch in solcher Tracht,
Dass sie mit dem versehen uns denken sollen,
Was uns gebricht. Ich wette, was du willst:
Sind wir wie junge Männer aufgestutzt,
Will ich der feinste Bursch von beiden sein
Und meinen Degen mit mehr Anstand tragen
Und sprechen wie im Übergang vom Knaben
Zum Mann und einem heiseren Diskant.
Ich will zwei jüngferliche Tritte dehnen
Zu *einem* Männerschritt; vom Raufen sprechen
Wie kecke junge Herrn; und artig lügen,
Wie edle Frauen meine Liebe suchten
Und, da ich sie versagt, sich tot gehärmt. –
Ich konnte nicht mit allen fertig werden;
Und dann bereu ich es und wünsch, ich hätte
Bei alledem sie doch nicht umgebracht.
Und zwanzig solcher kleinen Lügen sag ich,
So dass man schwören soll, dass ich die Schule
Schon seit dem Jahr verließ. – Ich hab im Sinn
Wohl tausend Streiche solcher dreisten Gecken,
Die ich verüben will.
Nerissa. So sollen wir in Männer uns verwandeln?
Porzia. Ja, komm, ich sag dir meinen ganzen Anschlag,
Wenn wir im Wagen sind, der uns am Tor
Des Parks erwartet; darum lasse uns eilen,
Denn wir durchmessen heut noch zwanzig Meilen. *Ab.*

94

Now, Balthasar, As I have ever found thee honest-true,
So let me find thee still. Take this same letter,
And use thou all the endeavour of a man
In speed to Padua: see thou render this
Into my cousin's hand, Doctor Bellario;
And, look, what notes and garments he doth give thee,
Bring them, I pray thee, with imagined speed
Unto the tranect, to the common ferry
Which trades to Venice. Waste no time in words,
But get thee gone: I shall be there before thee.
BALTHASAR. Madam, I go with all convenient speed. *Exit.*
PORTIA. Come on, Nerissa; I have work in hand
That you yet know not of: we'll see our husbands
Before they think of us.
NERISSA. Shall they see us?
PORTIA. They shall, Nerissa; but in such a habit,
That they shall think we are accomplished
With that we lack. I'll hold thee any wager,
When we are both accoutred like young men,
I'll prove the prettier fellow of the two,
And wear my dagger with the braver grace,
And speak between the change of man and boy
With a reed voice, and turn two mincing steps
Into a manly stride, and speak of frays
Like a fine bragging youth, and tell quaint lies,
How honourable ladies sought my love,
Which I denying, they fell sick and died;
I could not do withal; then I'll repent,
And wish for all that, that I had not killed them;
And twenty of these puny lies I'll tell,
That men shall swear I have discontinued school
Above a twelvemonth. I have within my mind
A thousand raw tricks of these bragging Jacks,
Which I will practise.
NERISSA. Why, shall we turn to men?
PORTIA. Fie, what a question's that,
If thou wert near a lewd interpreter!
But come, I'll tell thee all my whole device
When I am in my coach, which stays for us
At the park gate; and therefore haste away,
For we must measure twenty miles to-day. *Exeunt.*

Fünfte Szene
Belmont. Ein Garten.
Lanzelot und Jessica kommen.

Lanzelot. Ja, wahrhaftig! Denn seht Ihr, die Sünden der Väter sollen an den Kindern heimgesucht werden: darum glaubt mir, ich bin besorgt für Euch. Ich ging immer gerade gegen Euch heraus, und so sage ich Euch meine Deliberation über die Sache. Also seid gutes Mutes, denn wahrhaftig, ich denke, Ihr seid ver dammt. Es ist nur *eine* Hoffnung dabei, die Euch zustatten kommen kann, und das ist auch nur so eine Art von Bastardhoffnung.

Jessica. Und welche Hoffnung ist das?

Lanzelot. Ei, Ihr könnt gewissermaßen hoffen, dass Euer Vater Euch nicht erzeugt hat, dass Ihr nicht des Juden Tochter seid.

Jessica. Das wäre in der Tat eine Art von Bastardhoffnung, dann würden die Sünden meiner Mutter an mir heimgesucht werden.

Lanzelot. Wahrhaftig, dann fürchte ich, Ihr seid von Vater und Mutter wegen verdammt. Wenn ich die Scylla, Euren Vater, vermeide, so falle ich in die Charybdis, Eure Mutter; gut, Ihr seid auf eine und die andre Art verloren.

Jessica. Ich werde durch meinen Mann selig werden; er hat mich zu einer Christin gemacht.

Lanzelot. Wahrhaftig, da ist er sehr zu tadeln. Es gab unser vorher schon Christen genug, grade so viel, als nebeneinander gut bestehen konnten. Dies Christenmachen wird den Preis der Schweine steigern; wenn wir alle Schweinefleischesser werden, so ist in kurzem kein Schnittchen Speck in der Pfanne für Geld mehr zu haben.

Lorenzo kommt.

Jessica. Ich will meinem Mann erzählen, was Ihr sagt, Lanzelot; hier kommt er.

Lorenzo. Bald werde ich eifersüchtig auf Euch, Lanzelot, wenn Ihr meine Frau so in die Ecken zieht.

Jessica. Ihr habt nichts zu befürchten, Lorenzo; Lanzelot und ich, wir sind ganz entzweit. Er sagt mir grade heraus, im Himmel sei keine Gnade für mich, weil ich eines Juden Tochter bin; und er behauptet, dass Ihr kein gutes Mitglied des gemeinen Wesens seid, weil Ihr Juden zum Christentum bekehrt und dadurch den Preis des Schweinefleisches steigert.

Lorenzo. Das kann ich besser der ganzen Welt beantworten als Ihr den Bauch der Negerin vergrößert habt. Die Moorin hat ein Kind von Euch, Lancelot.

SCENE V.
Belmont. A garden.
Enter LAUNCELOT and JESSICA.

LAUNCELOT. Yes, truly; for, look you, the sins of the father are to be laid upon the children: therefore, I promise ye, I fear you. I was always plain with you, and so now I speak my agitation of the matter: therefore be of good cheer, for truly I think you are damned. There is but one hope in it that can do you any good; and that is but a kind of bastard hope neither.

JESSICA. And what hope is that, I pray thee?

LAUNCELOT. Marry, you may partly hope that your father got you not, that you are not the Jew's daughter.

JESSICA. That were a kind of bastard hope, indeed: so the sins of my mother should be visited upon me.

LAUNCELOT. Truly then I fear you are damned both by father and mother: thus when I shun Scylla, your father, I fall into Charybdis, your mother: well, you are gone both ways.

JESSICA.
I shall be saved by my husband; he hath made me a Christian.

LAUNCELOT. Truly,the more to blame he:we were Christians enow before; e'en as many as could well live, one by another.
This making Christians will raise the price of hogs:
if we grow all to be pork-eaters, we shall not shortly have a rasher on the coals for money.

Enter LORENZO

JESSICA.
I'll tell my husband, Launcelot, what you say: here he comes.

LORENZO. I shall grow jealous of you shortly, Launcelot,if you thus get my wife into corners.

JESSICA. Nay, you need not fear us, Lorenzo: Launcelot and I are out. He tells me flatly, there is no mercy for me in heaven, because I am a Jew's daughter: and he says, you are no good member of the commonwealth, for in converting Jews to Christians, you raise the price of pork.

LORENZO. I shall answer that better to the commonwealth than you can the getting up of the negro's belly: the Moor is with child by you, Launcelot.

Lanzelot.
Es tut mir leid, wenn ich ihr etwas weisgemacht habe; aber da das Kind einen weisen Vater hat, wird es doch keine Waise sein.

Lorenzo. Wie jeder Narr mit den Worten spielen kann! Bald, denke ich, wird sich der Witz am besten durch Stillschweigen bewahren und Gesprächigkeit bloß noch an Papageien gelobt werden.
Geht ins Haus, Bursche, sagt, dass sie zur Mahlzeit zurichten.

Lanzelot. Das ist geschehen, Herr, sie haben alle Mägen.

Lorenzo. Lieber Himmel, welch ein Witzschnapper Ihr seid!
Sagt also, dass sie die Mahlzeit anrichten.

Lanzelot. Das ist auch geschehen, es fehlt nur am Decken.

Lorenzo. Wollt Ihr also decken?

Lanzelot. Mich, Herr? Ich weiß besser, was sich schickt.

Lorenzo. Wieder Silben gestochen! Willst du deinen ganzen Reichtum an Witz auf einmal zum Besten geben? Ich bitte dich, verstehe einen schlichten Mann nach seiner schlichten Meinung.
Geh zu deinen Kameraden, heiß sie den Tisch decken, das Essen auftragen, und wir wollen zur Mahlzeit hereinkommen.

Lanzelot. Der Tisch, Herr, soll aufgetragen werden, das Essen soll gedeckt werden; und was Euer Hereinkommen zur Mahlzeit betrifft, dabei lässt Lust und Laune walten. *Ab.*

Lorenzo. O heilige Vernunft, was eitle Worte!
Der Narr hat ins Gedächtnis sich ein Heer
Wortspiele eingeprägt. Und kenn ich doch
Gar manchen Narren an einer bessern Stelle,
So aufgestutzt, der um ein spitzes Wort
Die Sache preisgibt. Wie geht's dir, Jessica?
Und nun sag deine Meinung, liebes Herz,
Wie Don Bassanios Gattin dir gefällt?

Jessica. Mehr als ich sagen kann. Es schickt sich wohl,
Dass Don Bassanio fromm sein Leben führe;
Denn da sein Weib ihm solch ein Segen ist,
Findet er des Himmels Lust auf Erden schon.
Und will er das auf Erden nicht, so wär's
Ihm recht, er käme niemals in den Himmel.
Ja, wenn zwei Götter irgendeine Wette
Des Himmels um zwei irdische Weiber spielten,
Und Porzia wär die eine, tät es not,
Noch sonst was mit der andern auf das Spiel
Zu setzen; denn die arme rohe Welt
Hat ihresgleichen nicht.

98

LAUNCELOT.
It is much that the Moor should be more than reason: but if she be less than an honest woman, she is indeed more than I took her for.

LORENZO. How every fool can play upon the word!
I think the best grace of wit will shortly turn into silence, and discourse grow commendable in none only but parrots.
Go in, sirrah; bid them prepare for dinner.

LAUNCELOT. That is done, sir; they have all stomachs.

LORENZO. Goodly Lord, what a wit-snapper are you!
Then bid them prepare dinner.

LAUNCELOT. That is done too, sir; only 'cover' is the word.

LORENZO. Will you cover then, sir?

LAUNCELOT. Not so, sir, neither; I know my duty.

LORENZO. Yet more quarrelling with occasion!
Wilt thou show the whole wealth of thy wit in an instant?
I pray tree, understand a plain man in his plain meaning:
go to thy fellows; bid them cover the table, serve in the meat,
and we will come in to dinner.

LAUNCELOT. For the table, sir, it shall be served in; for the meat, sir, it shall be covered; for your coming in to dinner, sir, why, let it be as humours and conceits shall govern. *Exit.*

LORENZO. O dear discretion, how his words are suited!
The fool hath planted in his memory
An army of good words; and I do know
A many fools, that stand in better place,
Garnish'd like him, that for a tricksy word
Defy the matter. How cheerest thou, Jessica?
And now, good sweet, say thy opinion,
How dost thou like the Lord Bassanio's wife?

JESSICA. Past all expressing. It is very meet
The Lord Bassanio live an upright life;
For, having such a blessing in his lady,
He finds the joys of heaven here on earth;
And if on earth he do not mean it, then
In reason he should never come to heaven
Why, if two gods should play some heavenly match
And on the wager lay two earthly women,
And Portia one, there must be something else
Pawn'd with the other, for the poor rude world
Hath not her fellow.

Lorenzo. Und solchen Mann
Hast du an mir, als er an ihr ein Weib.
Jessica. Ei, fragt doch darum meine Meinung auch.
Lorenzo. Sogleich; doch lasse uns erst zur Mahlzeit gehen.
Jessica. Nein, lasst mich vor der Sättigung Euch loben.
Lorenzo. Nein, bitte, spare das zum Tischgespräch;
Wie du dann sprechen magst, so mit dem andern
Werde ich's verdauen.
Jessica. Nun gut, ich werde Euch anzupreisen wissen. *Ab.*

Vierter Aufzug
Erste Szene
Venedig. Ein Gerichtssaal.
Der Doge, die Senatoren, Antonio, Bassanio,
Graziano, Salarino, Solanio und andre

Doge. Nun, ist Antonio da?
Antonio. Euer Hoheit zu Befehl.
Doge. Es tut mir leid um dich; du hast zu tun
Mit einem felsenharten Widersacher;
Es ist ein Unmensch, keines Mitleids fähig.
Kein Funk Erbarmen wohnt in ihm.
Antonio. Ich hörte,
Dass sich Euer Hoheit sehr verwandt, zu mildern
Sein streng Verfahren; doch weil er sich verstockt
Und kein gesetzlich Mittel seinem Hass
Mich kann entziehen, so stell ich denn Geduld
Entgegen seiner Wut und bin gewaffnet
Mit Ruhe des Gemütes, auszustehen
Des seinen ärgsten Grimm und Tyrannei.
Doge. Geh wer und ruf den Juden in den Saal.
Solanio. Er wartet an der Tür; er kommt schon, Herr.
Shylock kommt.
Doge. Macht Platz, lasst ihn uns gegenüberstehen. –
Shylock, die Welt denkt, und ich denk es auch,
Du treibest diesen Anschein deiner Bosheit
Nur bis zum Augenblick der Tat; und dann,
So glaubt man, wirst du dein Erbarmen zeigen
Und deine Milde, wunderbarer noch
Als deine angenommene Grausamkeit.
Statt dass du jetzt das dir Verfallene eintreibst,

LORENZO. Even such a husband
Hast thou of me as she is for a wife.
JESSICA. Nay, but ask my opinion too of that.
LORENZO. I will anon: first, let us go to dinner.
JESSICA. Nay, let me praise you while I have a stomach.
LORENZO. No, pray thee, let it serve for table-talk;
'Then, howso'er thou speak'st, 'mong other things
I shall digest it.
JESSICA. Well, I'll set you forth. *Exeunt.*

ACT IV.
SCENE I.

Venice. A court of justice.
Enter the DUKE, the Magnificoes, ANTONIO, BASSANIO,
GRATIANO, SALERIO, and others

DUKE. What, is Antonio here?
ANTONIO. Ready, so please your grace.
DUKE. I am sorry for thee: thou art come to answer
A stony adversary, an inhuman wretch
uncapable of pity, void and empty
From any dram of mercy.
ANTONIO. I have heard
Your grace hath ta'en great pains to qualify
His rigorous course; but since he stands obdurate
And that no lawful means can carry me
Out of his envy's reach, I do oppose
My patience to his fury, and am arm'd
To suffer, with a quietness of spirit,
The very tyranny and rage of his.
DUKE. Go one, and call the Jew into the court.
SALERIO. He is ready at the door: he comes, my lord.
Enter SHYLOCK
DUKE. Make room, and let him stand before our face.
Shylock, the world thinks, and I think so too,
That thou but lead'st this fashion of thy malice
To the last hour of act; and then 'tis thought
Thou'lt show thy mercy and remorse more strange
Than is thy strange apparent cruelty;
And where thou now exact'st the penalty,

Ein Pfund von dieses armen Kaufmanns Fleisch,
Wirst du nicht nur die Buße fahren lassen,
Nein, auch gerührt von Lieb und Menschlichkeit,
Die Hälfte schenken von der Summe selbst,
Ein Auge des Mitleids auf die Schäden werfend,
Die kürzlich seine Schultern so bestürmt:
Genug, um einen königlichen Kaufmann
Ganz zu erdrücken und an seinem Fall
Teilnahme zu erzwingen, selbst von Herzen,
So hart wie Kieselstein, von ehernen Busen
Von Türken und Tataren, nie gewöhnt
An Dienste zärtlicher Gefälligkeit.
Wir all erwarten milde Antwort, Jude.
Shylock. Ich legt Euer Hoheit meine Absicht vor:
Bei unserm Heiligen Sabbat schwor ich es,
Zu fordern, was nach meinem Schein mir zusteht.
Wenn Ihr es weigert, tut's auf die Gefahr
Der Freiheit und Gerechtsame Eurer Stadt.
Ihr fragt, warum ich lieber ein Gewicht
Von schnödem Fleisch will haben, als dreitausend
Dukaten zu empfangen? Darauf will ich
Nicht Antwort geben; aber setzet nun,
Dass mir's so ansteht: ist das Antwort genug?
Wie? wenn mich eine Ratte im Haus plagt?
Und ich, sie zu vergiften, nun dreitausend
Dukaten geben will? – Ist's noch nicht Antwort genug?
Es gibt der Leute, die kein schmatzend Ferkel
Ausstehen können; manche werden toll,
Wenn sie 'ne Katze sehn; noch andre können,
Wenn die Sackpfeife durch die Nase singt,
Den Harn nicht bei sich halten; denn die Triebe,
Der Leidenschaften Meister, lenken sie
Nach Lust und Abneigung. Nun, Euch zur Antwort:
Wie sich kein rechter Grund angeben lässt,
Dass *der* kein schmatzend Ferkel leiden kann,
Der keine Katz, ein harmlos nützlich Tier,
Der keinen Dudelsack; und muss durchaus
Sich solcher unfreiwilligen Schmach ergeben,
Dass er, belästigt, selbst belästigen muss;
So weiß ich keinen Grund, will keinen sagen,
Als eingewohnten Hass und Widerwillen,

102

Which is a pound of this poor merchant's flesh,
Thou wilt not only loose the forfeiture,
But, touch'd with human gentleness and love,
Forgive a moiety of the principal;
Glancing an eye of pity on his losses,
That have of late so huddled on his back,
Enow to press a royal merchant down
And pluck commiseration of his state
From brassy bosoms and rough hearts of flint,
From stubborn Turks and Tartars, never train'd
To offices of tender courtesy.
We all expect a gentle answer, Jew.
SHYLOCK. I have possess'd your grace of what I purpose;
And by our holy Sabbath have I sworn
To have the due and forfeit of my bond:
If you deny it, let the danger light
Upon your charter and your city's freedom.
You'll ask me, why I rather choose to have
A weight of carrion flesh than to receive
Three thousand ducats: I'll not answer that:
But, say, it is my humour: is it answer'd?
What if my house be troubled with a rat
And I be pleased to give ten thousand ducats
To have it baned? What, are you answer'd yet?
Some men there are love not a gaping pig;
Some, that are mad if they behold a cat;
And others, when the bagpipe sings i' the nose,
Cannot contain their urine: for affection,
Mistress of passion, sways it to the mood
Of what it likes or loathes. Now, for your answer:
As there is no firm reason to be render'd,
Why he cannot abide a gaping pig;
Why he, a harmless necessary cat;
Why he, a woollen bagpipe; but of force
Must yield to such inevitable shame
As to offend, himself being offended;
So can I give no reason, nor I will not,
More than a lodged hate and a certain loathing

Den mir Antonio einflößt, dass ich so
Ein mir nachteilig Recht an ihm verfolge.
Habt Ihr nun eine Antwort?
Bassanio. Nein, es ist keine, du fühlloser Mann,
Die deine Grausamkeit entschuldigen könnte.
Shylock. Muss ich nach deinem Sinn dir Antwort geben?
Bassanio. Bringt jedermann das um, was er nicht liebt?
Shylock. Wer hasst ein Ding und brächt es nicht gern um?
Bassanio. Beleidigung ist nicht sofort auch Hass.
Shylock. Was? lässt du dich die Schlange zweimal stechen?
Antonio. Ich bitt Euch, denkt, Ihr rechtet mit dem Juden.
Ihr mögt so gut hintreten auf den Strand,
Die Flut von ihrer Höhe sich senken heißen;
Ihr mögt so gut den Wolf zur Rede stellen,
Warum er nach dem Lamm das Schaf lässt blöken?
Ihr mögt so gut den Bergestannen wehren,
Ihr hohes Haupt zu schütteln und zu sausen,
Wenn sie des Himmels Sturm in Aufruhr setzt;
Ihr mögt so gut das Härteste bestehen,
Als zu erweichen suchen – was wär härter? –
Sein jüdisch Herz. – Ich bitt Euch also, bietet
Ihm weiter nichts, bemüht Euch ferner nicht
Und gebt in aller Kürz und geradezu
Mir meinen Spruch, dem Juden seinen Willen.
Bassanio. Statt der dreitausend Dukaten sind hier sechs.
Shylock. Wär jedes Stück von den sechstausend Dukaten
Sechsfach geteilt und jeder Teil 'n Dukaten,
Ich nähme sie nicht, ich wollte meinen Schein.
Doge. Wie hoffst du Gnade, da du keine übst?
Shylock. Welch Urteil soll ich scheuen, tu ich kein Unrecht?
Ihr habt viel feiler Sklaven unter Euch,
Die Ihr wie Eure Esel, Hund' und Maultier'
In sklavischem, verworfenem Dienst gebraucht,
Weil Ihr sie kauftet. Sag ich nun zu Euch –
Lasst sie doch frei, vermählt sie Euren Erben;
Was plagt Ihr sie mit Lasten? lasst ihr Bett
So weich als Eures sein, labt ihren Gaumen
Mit eben solchen Speisen. – Ihr antwortet:
Die Sklaven sind ja unser; und so gebe ich
Zur Antwort: das Pfund Fleisch, das ich verlange,
Ist teuer gekauft, ist mein, und ich will's haben.

104

I bear Antonio, that I follow thus
A losing suit against him.
Are you answer'd?
BASSANIO. This is no answer, thou unfeeling man,
To excuse the current of thy cruelty.
SHYLOCK. I am not bound to please thee with my answers.
BASSANIO. Do all men kill the things they do not love?
SHYLOCK. Hates any man the thing he would not kill?
BASSANIO. Every offence is not a hate at first.
SHYLOCK. What, wouldst thou have a serpent sting thee twice?
ANTONIO. I pray you, think you question with the Jew:
You may as well go stand upon the beach
And bid the main flood bate his usual height;
You may as well use question with the wolf
Why he hath made the ewe bleat for the lamb;
You may as well forbid the mountain pines
To wag their high tops and to make no noise,
When they are fretten with the gusts of heaven;
You may as well do anything most hard,
As seek to soften that--than which what's harder?--
His Jewish heart: therefore, I do beseech you,
Make no more offers, use no farther means,
But with all brief and plain conveniency
Let me have judgment and the Jew his will.
BASSANIO. For thy three thousand ducats here is six.
SHYLOCK. What judgment shall I dread, doing
Were in six parts and every part a ducat,
I would not draw them; I would have my bond.
DUKE. How shalt thou hope for mercy, rendering none?
SHYLOCK. What judgment shall I dread, doing no wrong?
You have among you many a purchased slave,
Which, like your asses and your dogs and mules,
You use in abject and in slavish parts,
Because you bought them: shall I say to you,
Let them be free, marry them to your heirs?
Why sweat they under burthens? let their beds
Be made as soft as yours and let their palates
Be season'd with such viands? You will answer
'The slaves are ours:' so do I answer you:
The pound of flesh, which I demand of him,
Is dearly bought; 'tis mine and I will have it.

Wenn Ihr versagt, pfui über Euer Gesetz!
So hat das Recht Venedigs keine Kraft.
Ich wart auf Spruch; antwortet: soll ich's haben?
Doge. Ich bin befugt, die Sitzung zu entlassen,
Wo nicht Bellario, ein gelehrter Doktor,
Zu dem ich um Entscheidung ausgeschickt, hier heute erscheint.
Salarino. Euer Hoheit, draußen steht
Ein Bote hier, mit Briefen von dem Doktor,
Er kommt soeben an von Padua.
Doge. Bringt uns die Briefe, ruft den Boten vor.
Bassanio. Wohlauf, Antonio! Freund, sei gutes Muts!
Der Jude soll mein Fleisch, Blut, alles haben,
Eh dir ein Tropfen Bluts für mich entgeht.
Antonio. Ich bin ein angestecktes Schaf der Herde,
Zum Tod am tauglichsten; die schwächste Frucht
Fällt vor der andern, und so lasst auch mich.
Ihr könnt nicht bessern Dienst mir tun, Bassanio,
Als wenn Ihr lebt und mir die Grabschrift setzt.
Nerissa tritt auf, als Schreiber eines Advokaten gekleidet.
Doge. Kommt Ihr von Padua, von Bellario?
Nerissa. Von beiden, Herr; Bellario grüßt Euer Hoheit.
Sie überreicht einen Brief.
Bassanio. Was wetzest du so eifrig da dein Messer?
Shylock. Die Buße dem Bankrotteur auszuschneiden.
Graziano. An deiner Seel, an deiner Sohle nicht,
Machst du dein Messer scharf, du harter Jude!
Doch kein Metall, selbst nicht des Henkers Beil,
Hat halb die Schärfe deines scharfen Grolls.
So können keine Bitten dich durchdringen?
Shylock. Nein, keine, die du Witz zu machen hast.
Graziano. O sei verdammt, du unbarmherziger Hund!
Und um dein Leben sei Gerechtigkeit verklagt.
Du machst mich irre fast in meinem Glauben,
Dass ich es halte mit Pythagoras,
Wie Tieresseelen in die Leiber sich
Von Menschen stecken; einen Wolf regierte
Dein hündischer Geist, der, aufgehenkt für Mord,
Die grimme Seele weg vom Galgen riss
Und, weil du lagst in deiner schnöden Mutter,
In dich hineinfuhr; denn dein ganz Begehren
Ist wölfisch, blutig, räuberisch und hungrig.

If you deny me, fie upon your law!
There is no force in the decrees of Venice.
I stand for judgment: answer; shall I have it?
DUKE. Upon my power I may dismiss this court,
Unless Bellario, a learned doctor,
Whom I have sent for to determine this,
Come here to-day.
SALERIO. My lord, here stays without
A messenger with letters from the doctor,
New come from Padua.
DUKE. Bring us the letter; call the messenger.
BASSANIO. Good cheer, Antonio! What, man, courage yet!
The Jew shall have my flesh, blood, bones and all,
Ere thou shalt lose for me one drop of blood.
ANTONIO. I am a tainted wether of the flock,
Meetest for death: the weakest kind of fruit
Drops earliest to the ground; and so let me
You cannot better be employ'd, Bassanio,
Than to live still and write mine epitaph.
Enter NERISSA, dressed like a lawyer's clerk
DUKE. Came you from Padua, from Bellario?
NERISSA. From both, my lord. Bellario greets your grace.
Presenting a letter
BASSANIO. Why dost thou whet thy knife so earnestly?
SHYLOCK. To cut the forfeiture from that bankrupt there.
GRATIANO. Not on thy sole, but on thy soul, harsh Jew,
Thou makest thy knife keen; but no metal can,
No, not the hangman's axe, bear half the keenness
Of thy sharp envy. Can no prayers pierce thee?
SHYLOCK. No, none that thou hast wit enough to make.
GRATIANO. O, be thou damn'd, inexecrable dog!
And for thy life let justice be accused.
Thou almost makest me waver in my faith
To hold opinion with Pythagoras,
That souls of animals infuse themselves
Into the trunks of men: thy currish spirit
Govern'd a wolf, who, hang'd for human slaughter,
Even from the gallows did his fell soul fleet,
And, whilst thou lay'st in thy unhallow'd dam,
Infused itself in thee; for thy desires
Are wolvish, bloody, starved and ravenous.

Shylock. Bis du von meinem Schein das Siegel wegschiltst,
Tust du mit Schreien nur deiner Lunge weh.
Stell deinen Witz her, guter junger Mensch,
Sonst fällt er rettungslos in Trümmern dir.
Ich stehe hier um Recht.
Doge. Der Brief da von Bellarios Hand empfiehlt
Uns einen jungen und gelehrten Doktor. –
Wo ist er denn?
Nerissa. Er wartet dicht bei an
Auf Antwort, ob Ihr Zutritt ihm vergönnt.
Doge. Von ganzem Herzen! Geht ein paar von euch
Und gebt ihm höfliches Geleit hierher.
Hör das Gericht indes Bellarios Brief.
Ein Schreiber *liest.*
«Euer Hoheit dient zur Nachricht, dass ich beim Empfange Eures
Briefes sehr krank war. Aber in dem Augenblick, da Euer Bote an-
kam, war bei mir auf einen freundschaftlichen Besuch ein junger
Doktor von Rom, namens Balthasar. Ich machte ihn mit dem streiti-
gen Handel zwischen dem Juden und dem Kaufmann Antonio bekannt; wir schlugen viele Bücher nach.
Er ist von meiner Meinung unterrichtet, die er, berichtigt durch seine
eigne Gelehrsamkeit, deren Umfang ich nicht genug empfehlen
kann, mitgenommen hat, um auf mein Andringen Euer Hoheit an
meiner Statt Genüge zu leisten. Ich ersuche Euch,lasst seinen Man-
gel an Jahren keinen Grund sein, ihm eine anständige Achtung zu
versagen; denn ich kannte noch niemals einen so jungen Körper mit
einem so alten Kopf. Ich überlasse ihn Eurer gnädigen Aufnahme;
seine Prüfung wird ihn am besten empfehlen.»
Doge. Ihr hört, was der gelehrte Mann uns schreibt,
Und hier, so glaub ich, kommt der Doktor schon.
Porzia tritt auf, wie ein Rechtsgelehrter gekleidet.
Gebt mir die Hand; Ihr kommt von unserm alten Bellario?
Porzia. Zu dienen, gnädiger Herr!
Doge. Ihr seid willkommen! nehmet Euren Platz.
Seid Ihr schon mit der Zwistigkeit bekannt,
Die hier vor dem Gericht verhandelt wird?
Porzia. Ich bin ganz unterrichtet von der Sache.
Wer ist der Kaufmann hier und wer der Jude?
Doge. Antonio, alter Shylock, tretet vor!
Porzia. Euer Nam ist Shylock?
Shylock. Shylock ist mein Name.

SHYLOCK. Till thou canst rail the seal from off my bond,
Thou but offend'st thy lungs to speak so loud:
Repair thy wit, good youth, or it will fall
To cureless ruin. I stand here for law.
DUKE. This letter from Bellario doth commend
A young and learned doctor to our court.
Where is he?
NERISSA. He attendeth here hard by,
To know your answer, whether you'll admit him.
DUKE. With all my heart. Some three or four of you
Go give him courteous conduct to this place.
Meantime the court shall hear Bellario's letter.
Clerk *reads.*
Your grace shall understand that at the receipt of your letter I am
very sick: but in the instant that your messenger came, in loving
visitation was with me a young doctor of Rome; his name is Balthasar. I acquainted him with the cause in controversy between the Jew
and Antonio the merchant: we turned o'er many books together: he
is furnished with my opinion; which, bettered with his own learning,
the greatness whereof I cannot enough commend, comes with him,
at my importunity, to fill up your grace's request in my stead.
I beseech you, let his lack of years be no impediment to let him lack
a reverend estimation; for I never knew so young a body with so old
a head. I leave him to your gracious acceptance, whose trial shall
better publish his commendation.
DUKE. You hear the learn'd Bellario, what he writes:
And here, I take it, is the doctor come.
Enter PORTIA, dressed like a doctor of laws
Give me your hand. Come you from old Bellario?
PORTIA. I did, my lord.
DUKE. You are welcome: take your place.
Are you acquainted with the difference
That holds this present question in the court?
PORTIA. I am informed thoroughly of the cause.
Which is the merchant here, and which the Jew?
DUKE. Antonio and old Shylock, both stand forth.
PORTIA. Is your name Shylock?
SHYLOCK. Shylock is my name.

Porzia. Von wunderlicher Art ist Euer Handel,
Doch in der Form, dass das Gesetz Venedigs
Euch nicht anfechten kann, wie Ihr verfahrt. –
Ihr seid von ihm gefährdet; seid Ihr nicht?
Antonio. Ja, wie er sagt.
Porzia. Den Schein erkennt Ihr an?
Antonio. Ja.
Porzia. So muss der Jude Gnad ergehen lassen.
Shylock. Wodurch genötigt, muss ich? Sagt mir das.
Porzia. Die Art der Gnade weiß von keinem Zwang.
Sie träufelt wie des Himmels milder Regen
Zur Erde unter ihr; zwiefach gesegnet:
Sie segnet den, der gibt, und den, der nimmt;
Am mächtigsten in Mächtigen, zieret sie
Den Fürsten auf dem Thron mehr als die Krone.
Das Zepter zeigt die weltliche Gewalt,
Das Attribut der Würd und Majestät,
Worin die Furcht und Scheu der Könige sitzt.
Doch Gnad ist über diese Zepter Macht,
Sie thronet in dem Herzen der Monarchen,
Sie ist ein Attribut der Gottheit selbst,
Und irdische Macht kommt göttlicher am nächsten,
Wenn Gnade bei dem Recht steht. Darum, Jude,
Suchst du um Recht schon an, erwäge dies:
Dass nach dem Lauf des Rechtes unser keiner
Zum Heile käme; wir beten all um Gnade,
Und dies Gebet muss uns der Gnade Taten
Auch üben lehren. Dies hab ich gesagt,
Um deine Forderung des Rechts zu mildern;
Wenn du darauf bestehst, so muss Venedigs
Gestrenger Hof durchaus dem Kaufmann dort
Zum Nachteil einen Spruch tun.
Shylock. Meine Taten
Auf meinen Kopf! Ich fordre das Gesetz,
Die Buße und Verpfändung meines Scheins.
Porzia. Ist er das Geld zu zahlen nicht imstand?
Bassanio. O ja, hier biet ich's ihm vor dem Gericht,
Ja, doppelt selbst; wenn das noch nicht genügt,
Verpflichte ich mich, es zehnfach zu bezahlen,
Und setze Hände, Kopf und Herz zum Pfand.
Wenn dies noch nicht genügt, so zeigt sich's klar,

110

PORTIA. Of a strange nature is the suit you follow;
Yet in such rule that the Venetian law
Cannot impugn you as you do proceed.
You stand within his danger, do you not?
ANTONIO. Ay, so he says.
PORTIA. Do you confess the bond?
ANTONIO. I do.
PORTIA. Then must the Jew be merciful.
SHYLOCK. On what compulsion must I? tell me that.
PORTIA. The quality of mercy is not strain'd,
It droppeth as the gentle rain from heaven
Upon the place beneath: it is twice blest;
It blesseth him that gives and him that takes:
'Tis mightiest in the mightiest: it becomes
The throned monarch better than his crown;
His sceptre shows the force of temporal power,
The attribute to awe and majesty,
Wherein doth sit the dread and fear of kings;
But mercy is above this sceptred sway;
It is enthroned in the hearts of kings,
It is an attribute to God himself;
And earthly power doth then show likest God's
When mercy seasons justice. Therefore, Jew,
Though justice be thy plea, consider this,
That, in the course of justice, none of us
Should see salvation: we do pray for mercy;
And that same prayer doth teach us all to render
The deeds of mercy. I have spoke thus much
To mitigate the justice of thy plea;
Which if thou follow, this strict court of Venice
Must needs give sentence 'gainst the merchant there.
SHYLOCK. My deeds upon my head! I crave the law,
The penalty and forfeit of my bond.
PORTIA. Is he not able to discharge the money?
BASSANIO. Yes, here I tender it for him in the court;
Yea, twice the sum: if that will not suffice,
I will be bound to pay it ten times o'er,
On forfeit of my hands, my head, my heart:
If this will not suffice, it must appear

Die Bosheit drückt die Redlichkeit. Ich bitt Euch,
Beugt einmal das Gesetz nach Eurem Ansehen:
Tut kleines Unrecht um ein großes Recht
Und wehrt dem argen Teufel seinen Willen.
Porzia. Es darf nicht sein. Kein Ansehen in Venedig
Vermag ein gültiges Gesetz zu ändern.
Es würde als ein Vorgang angeführt,
Und mancher Fehltritt nach demselben Beispiel
Griff' um sich in dem Staat; es kann nicht sein.
Shylock. Ein Daniel kommt zu richten, ja, ein Daniel!
Wie ich dich ehr, o weiser junger Richter!
Porzia. Ich bitte, gebt zum Ansehen mir den Schein.
Shylock. Hier ist er, mein ehrwürdiger Doktor, hier!
Porzia. Shylock, man bietet dreifach dir dein Geld.
Shylock. Ein Eid! Ein Eid! ich hab 'nen Eid im Himmel.
Soll ich auf meine Seele Meineid laden?
Nicht um Venedig.
Porzia. Gut, er ist verfallen,
Und nach den Rechten kann der Jude hierauf
Verlangen ein Pfund Fleisch, zunächst am Herzen
Des Kaufmanns auszuschneiden. – Sei barmherzig!
Nimm dreifach Geld, lasse mich den Schein zerreißen.
Shylock. Wenn er bezahlt ist, wie sein Inhalt lautet. –
Es zeigt sich klar, Ihr seid ein würdiger Richter;
Ihr kennt die Rechte, Euer Vortrag war
Der bündigste; ich fordere Euch auf beim Recht,
Wovon Ihr ein verdienter Pfeiler seid,
Kommt nun zum Spruch; bei meiner Seele schwör ich,
Dass keines Menschen Zunge über mich
Gewalt hat; ich steh hier auf meinen Schein.
Antonio. Von ganzem Herzen bitt ich das Gericht,
Den Spruch zu tun.
Porzia. Nun wohl, so steht es denn!
Bereitet Euren Busen für sein Messer.
Shylock. O weiser Richter! wackrer junger Mann.
Porzia. Denn des Gesetzes Inhalt und Bescheid
Hat volle Übereinkunft mit der Buße,
Die hier im Schein als schuldig wird erkannt.
Shylock. Sehr wahr; o weiser und gerechter Richter!
Um wieviel älter bist du, als du aussiehst!
Porzia. Deshalb entblößt den Busen.

That malice bears down truth. And I beseech you,
Wrest once the law to your authority:
To do a great right, do a little wrong,
And curb this cruel devil of his will.

PORTIA. It must not be; there is no power in Venice
Can alter a decree established:
'Twill be recorded for a precedent,
And many an error by the same example
Will rush into the state: it cannot be.

SHYLOCK. A Daniel come to judgment! yea, a Daniel!
O wise young judge, how I do honour thee!

PORTIA. I pray you, let me look upon the bond.

SHYLOCK. Here 'tis, most reverend doctor, here it is.

PORTIA. Shylock, there's thrice thy money offer'd thee.

SHYLOCK. An oath, an oath, I have an oath in heaven:
Shall I lay perjury upon my soul?
No, not for Venice.

PORTIA. Why, this bond is forfeit;
And lawfully by this the Jew may claim
A pound of flesh, to be by him cut off
Nearest the merchant's heart. Be merciful:
Take thrice thy money; bid me tear the bond.

SHYLOCK. When it is paid according to the tenor.
It doth appear you are a worthy judge;
You know the law, your exposition
Hath been most sound: I charge you by the law,
Whereof you are a well-deserving pillar,
Proceed to judgment: by my soul I swear
There is no power in the tongue of man
To alter me: I stay here on my bond.

ANTONIO. Most heartily I do beseech the court
To give the judgment.

PORTIA. Why then, thus it is:
You must prepare your bosom for his knife.

SHYLOCK. O noble judge! O excellent young man!

PORTIA. For the intent and purpose of the law
Hath full relation to the penalty,
Which here appeareth due upon the bond.

SHYLOCK. 'Tis very true: O wise and upright judge!
How much more elder art thou than thy looks!

PORTIA. Therefore lay bare your bosom.

Shylock. Ja, die Brust,
So sagt der Schein – nicht wahr, mein edler Richter?
«Zunächst dem Herzen», sind die eignen Worte.
Porzia. So ist's. Ist eine Waage da, das Fleisch zu wägen?
Shylock. Ja, ich hab sie bei der Hand.
Porzia. Nehmt einen Feldscher, Shylock, für Euer Geld,
Ihn zu verbinden, dass er nicht verblutet.
Shylock. Ist das so angegeben in dem Schein?
Porzia. Es steht nicht da; allein was tut's? Es wär
Doch gut, Ihr tätet das aus Menschenliebe.
Shylock. Ich kann's nicht finden, 's ist nicht in dem Schein.
Porzia. Kommt, Kaufmann! habt Ihr irgendwas zu sagen?
Antonio. Nur wenig; ich bin fertig und gerüstet.
Gebt mir die Hand, Bassanio, lebet wohl!
Es kränk Euch nicht, dass dies für Euch mich trifft,
Denn hierin zeigt das Glück sich gütiger
Als seine Weis ist; immer lässt es sonst
Elende ihren Reichtum überleben,
Mit hohlem Aug und faltiger Stirn ein Alter
Der Armut anzusehen; von solcher Schmach
Langwieriger Buße nimmt es mich hinweg.
Empfehlt mich Eurem edlen Weib, erzählt Ihr
Den Hergang von Antonios Ende; sagt,
Wie ich Euch liebte; rühmt im Tode mich;
Und wenn Ihr's auserzählt, heißt sie entscheiden,
Ob nicht Bassanio einst geliebt ist worden.
Bereut nicht dass Ihr einen Freund verliert
Und er bereut nicht, dass er für Euch zahlt:
Denn schneidet nur der Jude tief genug,
So zahl ich gleich die Schuld von ganzem Herzen.
Bassanio. Antonio, ich hab ein Weib zur Ehe,
Die mir so lieb ist als mein Leben selbst;
Doch Leben selbst, mein Weib und alle Welt
Gilt höher als dein Leben nicht bei mir.
Ich gäbe alles hin, ja opfert' alles
Dem Teufel da, um dich nur zu befreien.
Porzia. Da wusste Euer Weib gewiss Euch wenig Dank,
Wär sie dabei und hört Euer Anerbieten.
Graziano. Ich hab ein Weib, die ich auf Ehre liebe;
Doch wünscht ich sie im Himmel, könnte sie
Dort eine Macht erflehen, des hündischen Juden Gemüt zu ändern.

114

SHYLOCK. Ay, his breast:
So says the bond: doth it not, noble judge?
'Nearest his heart:' those are the very words.
PORTIA. It is so. Are there balance here to weigh the flesh?
SHYLOCK. I have them ready.
PORTIA. Have by some surgeon, Shylock, on your charge,
To stop his wounds, lest he do bleed to death.
SHYLOCK. Is it so nominated in the bond?
PORTIA. It is not so express'd: but what of that?
'Twere good you do so much for charity.
SHYLOCK. I cannot find it; 'tis not in the bond.
PORTIA. You, merchant, have you any thing to say?
ANTONIO. But little: I am arm'd and well prepared.
Give me your hand, Bassanio: fare you well!
Grieve not that I am fallen to this for you;
For herein Fortune shows herself more kind
Than is her custom: it is still her use
To let the wretched man outlive his wealth,
To view with hollow eye and wrinkled brow
An age of poverty; from which lingering penance
Of such misery doth she cut me off.
Commend me to your honourable wife:
Tell her the process of Antonio's end;
Say how I loved you, speak me fair in death;
And, when the tale is told, bid her be judge
Whether Bassanio had not once a love.
Repent but you that you shall lose your friend,
And he repents not that he pays your debt;
For if the Jew do cut but deep enough,
I'll pay it presently with all my heart.
BASSANIO. Antonio, I am married to a wife
Which is as dear to me as life itself;
But life itself, my wife, and all the world,
Are not with me esteem'd above thy life:
I would lose all, ay, sacrifice them all
Here to this devil, to deliver you.
PORTIA. Your wife would give you little thanks for that,
If she were by, to hear you make the offer.
GRATIANO. I have a wife, whom, I protest, I love:
I would she were in heaven, so she could
Entreat some power to change this currish Jew.

Nerissa. Gut, dass Ihr's hinter ihrem Rücken tut,
Sonst störte wohl der Wunsch des Hauses Frieden.
Shylock *beiseite.*
So sind die Christenmänner; ich hab 'ne Tochter:
Wär irgendwer vom Stamm des Barrabas
Ihr Mann geworden, lieber als ein Christ! –
Die Zeit geht hin; ich bitt Euch, kommt zum Spruch.
Porzia. Ein Pfund von dieses Kaufmanns Fleisch ist dein.
Der Hof erkennt es, und das Recht erteilt es.
Shylock. O höchst gerechter Richter! –
Porzia. Ihr müsst das Fleisch ihm schneiden aus der Brust:
Das Recht bewilligt es, und der Hof erkennt es.
Shylock. O höchst gelehrter Richter! – Na, ein Spruch!
Kommt, macht Euch fertig.
Porzia. Wart noch ein wenig: Eins ist noch zu merken!
Der Schein hier gibt dir nicht ein Tröpfchen Blut;
Die Worte sind ausdrücklich: ein Pfund Fleisch!
Nimm denn den Schein, und nimm du dein Pfund Fleisch;
Allein vergießest du, indem du's abschneidest,
Nur einen Tropfen Christenblut, so fällt
Dein Hab und Gut nach dem Gesetz Venedigs
Dem Staat Venedigs heim.
Graziano. Gerechter Richter! – merk, Jude! – o weiser Richter!
Shylock. Ist das Gesetz?
Porzia. Du sollst die Akte sehn.
Denn, weil du dringst auf Recht, so sei gewiss:
Recht soll dir werden, mehr als du begehrst.
Graziano. O weiser Richter! – merk, Jude! ein weiser Richter!
Shylock. Ich nehme das Erbieten denn: zahlt dreifach
Mir meinen Schein und lasst den Christen gehen.
Bassanio. Hier ist das Geld.
Porzia. Halt!
Dem Juden alles Recht – still! keine Eil!
Er soll die Buße haben, weiter nichts.
Graziano. O Jude! ein weiser, ein gerechter Richter!
Porzia. Darum bereite dich, das Fleisch zu schneiden.
Vergieß kein Blut, schneid auch nicht mehr noch minder
Als grad ein Pfund; ist's minder oder mehr
Als ein genaues Pfund, sei's nur so viel,
Es leichter oder schwerer an Gewicht
Zu machen, um ein armes Zwanzigst Teil

116

NERISSA. 'Tis well you offer it behind her back;
The wish would make else an unquiet house.
SHYLOCK. These be the Christian husbands. I have a daughter;
Would any of the stock of Barrabas
Had been her husband rather than a Christian!
We trifle time: I pray thee, pursue sentence.
PORTIA. A pound of that same merchant's flesh is thine:
The court awards it, and the law doth give it.
SHYLOCK. Most rightful judge!
PORTIA. And you must cut this flesh from off his breast:
The law allows it, and the court awards it.
SHYLOCK. Most learned judge! A sentence! Come, prepare!
PORTIA. Tarry a little; there is something else.
This bond doth give thee here no jot of blood;
The words expressly are 'a pound of flesh:'
Take then thy bond, take thou thy pound of flesh;
But, in the cutting it, if thou dost shed
One drop of Christian blood, thy lands and goods
Are, by the laws of Venice, confiscate
Unto the state of Venice.
GRATIANO. O upright judge! Mark, Jew: O learned judge!
SHYLOCK. Is that the law?
PORTIA. Thyself shalt see the act:
For, as thou urgest justice, be assured
Thou shalt have justice, more than thou desirest.
GRATIANO. O learned judge! Mark, Jew: a learned judge!
SHYLOCK. I take this offer, then; pay the bond thrice
And let the Christian go.
BASSANIO. Here is the money.
PORTIA. Soft!
The Jew shall have all justice; soft! no haste:
He shall have nothing but the penalty.
GRATIANO. O Jew! an upright judge, a learned judge!
PORTIA. Therefore prepare thee to cut off the flesh.
Shed thou no blood, nor cut thou less nor more
But just a pound of flesh: if thou cut'st more
Or less than a just pound, be it but so much
As makes it light or heavy in the substance,
Or the division of the twentieth part

Von einem Skrupel, ja wenn sich die Waagschal
Nur um die Breite eines Haares neigt,
So stirbst du, und dein Gut verfällt dem Staat.
Graziano. Ein zweiter Daniel, ein Daniel, Jude!
Ungläubiger, ich hab dich bei der Hüfte.
Porzia. Was hält den Juden auf? Nimm deine Buße.
Shylock. Gebt mir mein Kapital und lasst mich gehen.
Bassanio. Ich hab es schon für dich bereit: hier ist's.
Porzia. Er hat's vor offenem Gericht geweigert:
Sein Recht nur soll er haben und den Schein.
Graziano. Ich sag, ein Daniel, ein zweiter Daniel!
Dank, Jude, dass du mich das Wort gelehrt.
Shylock. Soll ich nicht haben bloß mein Kapital?
Porzia. Du sollst nichts haben als die Buße, Jude,
Die du auf eigene Gefahr magst nehmen.
Shylock. So lass' es ihm der Teufel wohl bekommen!
Ich will nicht länger Rede stehen.
Porzia. Warte, Jude!
Das Recht hat andern Anspruch noch an dich.
Es wird verfügt in dem Gesetz Venedigs,
Wenn man es einem Fremdling dargetan,
Dass er durch Umweg' oder geradezu
Dem Leben eines Bürgers nachgestellt,
Soll die Partei, auf die sein Anschlag geht,
Die Hälfte seiner Güter an sich ziehen;
Die andre Hälfte fällt dem Schatz anheim,
Und an des Dogen Gnade hängt das Leben
Des Schuldgen einzig, gegen alle Stimmen.
In der Benennung, sag ich, stehst du nun,
Denn es erhellt aus offenbarem Hergang,
Dass du durch Umweg' und auch geradezu
Recht eigentlich gestanden dem Beklagten
Nach Leib und Leben: und so trifft dich denn
Die Androhung, die ich zuvor erwähnt.
Drum nieder, bitt um Gnade bei dem Dogen!
Graziano. Bitt um Erlaubnis, selber dich zu hängen;
Und doch, da all dein Gut dem Staat verfällt,
Behältst du nicht den Wert von einem Strick;
Man muss dich hängen auf des Staates Kosten.
Doge. Damit du siehst, welch andrer Geist uns lenkt,
So schenk ich dir das Leben, eh du bittest.

Of one poor scruple, nay, if the scale do turn
But in the estimation of a hair,
Thou diest and all thy goods are confiscate.
GRATIANO. A second Daniel, a Daniel, Jew!
Now, infidel, I have you on the hip.
PORTIA. Why doth the Jew pause? take thy forfeiture.
SHYLOCK. Give me my principal, and let me go.
BASSANIO. I have it ready for thee; here it is.
PORTIA. He hath refused it in the open court:
He shall have merely justice and his bond.
GRATIANO. A Daniel, still say I, a second Daniel!
I thank thee, Jew, for teaching me that word.
SHYLOCK. Shall I not have barely my principal?
PORTIA. Thou shalt have nothing but the forfeiture,
To be so taken at thy peril, Jew.
SHYLOCK. Why, then the devil give him good of it!
I'll stay no longer question.
PORTIA. Tarry, Jew:
The law hath yet another hold on you.
It is enacted in the laws of Venice,
If it be proved against an alien
That by direct or indirect attempts
He seek the life of any citizen,
The party 'gainst the which he doth contrive
Shall seize one half his goods; the other half
Comes to the privy coffer of the state;
And the offender's life lies in the mercy
Of the duke only, 'gainst all other voice.
In which predicament, I say, thou stand'st;
For it appears, by manifest proceeding,
That indirectly and directly too
Thou hast contrived against the very life
Of the defendant; and thou hast incurr'd
The danger formerly by me rehearsed.
Down therefore and beg mercy of the duke.
GRATIANO. Beg that thou mayst have leave to hang thyself:
And yet, thy wealth being forfeit to the state,
Thou hast not left the value of a cord;
Therefore thou must be hang'd at the state's charge.
DUKE. That thou shalt see the difference of our spirits,
I pardon thee thy life before thou ask it:

Dein halbes Gut gehört Antonio,
Die andre Hälfte fällt dem Staat anheim,
Was Demut lindern kann zu einer Buße.
Porzia. Ja, für den Staat, nicht für Antonio.
Shylock. Nein, nehmt mein Leben auch, schenkt mir das nicht!
Ihr nehmt mein Haus, wenn ihr die Stütze nehmt,
Worauf mein Haus beruht; ihr nehmt mein Leben,
Wenn ihr die Mittel nehmt, wodurch ich lebe.
Porzia. Was könnt Ihr für ihn tun, Antonio?
Graziano. Ein Strick umsonst! nichts mehr, um Gottes willen!
Antonio. Beliebt mein gnädiger Herr und das Gericht
Die Buße seines halben Guts zu schenken,
So bin ich es zufrieden, wenn er mir
Die andre Hälfte zum Gebrauche lässt,
Nach seinem Tod dem Mann sie zu erstatten,
Der kürzlich seine Tochter stahl.
Noch zweierlei beding ich: dass er gleich
Für diese Gunst das Christentum bekenne;
Zum andern, stell er eine Schenkung aus
Hier vor Gericht von allem, was er nachlässt,
An seinen Schwiegersohn und seine Tochter.
Doge. Das soll er tun, ich widerrufe sonst
Die Gnade, die ich eben hier erteilt.
Porzia. Bist du's zufrieden, Jude? Nun, was sagst du?
Shylock. Ich bin's zufrieden.
Porzia. Ihr, Schreiber, setzt die Schenkungsakte auf.
Shylock. Ich bitt, erlaubt mir, weg von hier zu gehen:
Ich bin nicht wohl, schickt mir die Akte nach, und ich will zeichnen.
Doge. Geh denn, aber tu's.
Graziano. Du wirst zwei Paten bei der Taufe haben;
Wär ich dein Richter, kriegtest du zehn mehr –
Zum Galgen, nicht zum Taufstein, dich zu bringen.
Shylock ab.
Doge. Ich lad Euch, Herr, zur Mahlzeit bei mir ein.
Porzia. Ich bitt Euer Hoheit uni Entschuldigung.
Ich muss vor Abend fort nach Padua
Und bin genötigt, gleich mich aufzumachen.
Doge. Es tut mir leid, dass Ihr Verhinderung habt.
Antonio, zeigt Euch dankbar diesem Mann:
Ihr seid ihm sehr verpflichtet, wie mich dünkt.
Doge, Senatoren und Gefolge ab.

For half thy wealth, it is Antonio's;
The other half comes to the general state,
Which humbleness may drive unto a fine.
PORTIA. Ay, for the state, not for Antonio.
SHYLOCK. Nay, take my life and all; pardon not that:
You take my house when you do take the prop
That doth sustain my house; you take my life
When you do take the means whereby I live.
PORTIA. What mercy can you render him, Antonio?
GRATIANO. A halter gratis; nothing else, for God's sake.
ANTONIO. So please my lord the duke and all the court
To quit the fine for one half of his goods,
I am content; so he will let me have
The other half in use, to render it,
Upon his death, unto the gentleman
That lately stole his daughter:
Two things provided more, that, for this favour,
He presently become a Christian;
The other, that he do record a gift,
Here in the court, of all he dies possess'd,
Unto his son Lorenzo and his daughter.
DUKE. He shall do this, or else I do recant
The pardon that I late pronounced here.
PORTIA. Art thou contented, Jew? what dost thou say?
SHYLOCK. I am content.
PORTIA. Clerk, draw a deed of gift.
SHYLOCK. I pray you, give me leave to go from hence;
I am not well: send the deed after me, and I will sign it.
DUKE. Get thee gone, but do it.
GRATIANO. In christening shalt thou have two god-fathers:
Had I been judge, thou shouldst have had ten more,
To bring thee to the gallows, not the font.
Exit SHYLOCK
DUKE. Sir, I entreat you home with me to dinner.
PORTIA. I humbly do desire your grace of pardon:
I must away this night toward Padua,
And it is meet I presently set forth.
DUKE. I am sorry that your leisure serves you not.
Antonio, gratify this gentleman,
For, in my mind, you are much bound to him.
Exeunt Duke and his train

Bassanio.
Mein würdiger Herr, ich und mein Freund, wir sind durch Eure Weisheit heute losgesprochen von schweren Bußen; für den Dienst erwidern wir mit der Schuld des Juden, den dreitausend Dukaten, willig die gewogene Müh.

Antonio. Und bleiben Euer Schuldner überdies
An Liebe und an Diensten immerfort.

Porzia. Wer wohl zufrieden ist, ist wohl bezahlt;
Ich bin zufrieden, da ich euch befreit,
Und halte dadurch mich für wohl bezahlt;
Lohnsüchtiger war niemals mein Gemüt.
Ich bitt euch, kennt mich, wenn wir mal uns treffen;
Ich wünsch euch Gutes, und so nehme ich Abschied.

Bassanio. Ich muss noch in Euch dringen, bester Herr:
Nehmt doch ein Angedenken, nicht als Lohn,
Nur als Tribut; gewährt mir zweierlei,
Mir's nicht zu weigern und mir zu verzeihen.

Porzia. Ihr dringt sehr in mich! gut, ich gebe nach. *(zu Antonio)*
Gebt Eure Handschuh mir, ich will sie tragen, *(zu Bassanio)*
Und, Euch zur Lieb, nehme ich den Ring von Euch.
Zieht nicht die Hand zurück, ich will nichts weiter,
Und weigern dürft Ihr es nicht, wenn Ihr mich liebt.

Bassanio. Der Ring – ach, Herr! ist eine Kleinigkeit,
Ihn Euch zu geben, müsst ich mich ja schämen.

Porzia. Ich will nichts weiter haben als den Ring,
Und, wie mich dünkt, hab ich nun Lust dazu.

Bassanio. Es hängt an diesem Ring mehr als sein Wert;
Den teuersten in Venedig gebe ich Euch
Und find ihn aus durch öffentlichen Ausruf.
Für diesen bitt ich nur, entschuldigt mich.

Porzia. Ich sehe, Ihr seid freigebig im Erbieten;
Ihr lehrtet erst mich bitten, und nun scheint es,
Ihr lehrt mich, wie man Bettlern Antwort gibt.

Bassanio. Den Ring gab meine Frau mir, bester Herr;
Sie steckte mir ihn an und hieß mich schwören,
Ich wollte ihn nie verlieren noch vergeben.

Porzia. Mit solchen Worten spart man seine Gaben.
Ist Eure Frau nicht gar ein töricht Weib und weiß,
Wie gut ich diesen Ring verdient, so wird sie nicht auf immer
Feindschaft halten, Weil Ihr ihn weggabt. Gut, gehabt Euch wohl!
Porzia und Nerissa ab.

BASSANIO.
Most worthy gentleman, I and my friend have by your wisdom been this day acquitted of grievous penalties; in lieu whereof, three thousand ducats, due unto the Jew, we freely cope your courteous pains withal.

ANTONIO. And stand indebted, over and above,
In love and service to you evermore.

PORTIA. He is well paid that is well satisfied;
And I, delivering you, am satisfied
And therein do account myself well paid:
My mind was never yet more mercenary.
I pray you, know me when we meet again:
I wish you well, and so I take my leave.

BASSANIO. Dear sir, of force I must attempt you further:
Take some remembrance of us, as a tribute,
Not as a fee: grant me two things, I pray you,
Not to deny me, and to pardon me.

PORTIA. You press me far, and therefore I will yield. *To ANTONIO.*
Give me your gloves, I'll wear them for your sake. *To BASSANIO.*
And, for your love, I'll take this ring from you:
Do not draw back your hand; I'll take no more;
And you in love shall not deny me this.

BASSANIO. This ring, good sir, alas, it is a trifle!
I will not shame myself to give you this.

PORTIA. I will have nothing else but only this;
And now methinks I have a mind to it.

BASSANIO. There's more depends on this than on the value.
The dearest ring in Venice will I give you,
And find it out by proclamation:
Only for this, I pray you, pardon me.

PORTIA. I see, sir, you are liberal in offers
You taught me first to beg; and now methinks
You teach me how a beggar should be answer'd.

BASSANIO. Good sir, this ring was given me by my wife;
And when she put it on, she made me vow
That I should neither sell nor give nor lose it.

PORTIA. That 'scuse serves many men to save their gifts.
An if your wife be not a mad-woman, and know how well I have
deserved the ring, she would not hold out enemy for ever,
for giving it to me. Well, peace be with you!
Exeunt Portia and Nerissa

Antonio. Lasst ihn den Ring doch haben, Don Bassanio;
Lasst sein Verdienst zugleich mit meiner Liebe
Euch gelten gegen Eurer Frau Gebot.
Bassanio. Geh, Graziano, lauf und hol ihn ein,
Gib ihm den Ring und bring ihn, wenn du kannst,
Zu des Antonio Haus. Fort! Beeile dich!
Graziano ab.
Kommt, Ihr und ich, wir wollen gleich dahin,
Und früh am Morgen wollen wir dann beide
Nach Belmont fliegen. Kommt, Antonio! *Ab.*

Zweite Szene
Eine Straße.
Porzia und Nerissa kommen.

Porzia. Erfrag des Juden Haus, gib ihm die Akte
Und lasse ihn zeichnen. Wir wollen fort zu Nacht
Und einen Tag vor unsern Männern noch zu Hause sein.
Die Akte wird Lorenzen Gar sehr willkommen sein.
Graziano kommt.
Graziano. Schön, dass ich Euch noch treffe, werter Herr.
Hier schickt Euch Don Bassanio, da er besser
Es überlegt, den Ring und bittet Euch,
Mittags bei ihm zu speisen.
Porzia. Das kann nicht sein;
Den Ring nehme ich mit allem Dank an
Und bitt Euch, sagt ihm das; seid auch so gut,
Den jungen Mann nach Shylocks Haus zu weisen.
Graziano. Das will ich tun.
Nerissa *(zu Porzia).*
Herr, noch ein Wort mit Euch. –
(Heimlich.) Ich will doch sehn, von meinem Mann den Ring
Zu kriegen, den ich immer zu bewahren
Ihn schwören ließ.
Porzia. Ich steh dafür, du kannst es.
Da wird's an hoch und teuer Schwören gehen,
Dass sie die Ring an Männer weggegeben;
Wir leugnen es keck und überschwören sie.
Fort! eile dich! Du weißt ja, wo ich warte.
Nerissa. Kommt, lieber Herr! wollt Ihr sein Haus mir zeigen? *Ab.*

ANTONIO. My Lord Bassanio, let him have the ring:
Let his deservings and my love withal
Be valued against your wife's commandment.
BASSANIO. Go, Gratiano, run and overtake him;
Give him the ring, and bring him, if thou canst,
Unto Antonio's house: away! make haste.
Exit Gratiano.
Come, you and I will thither presently;
And in the morning early will we both
Fly toward Belmont: come, Antonio. *Exeunt.*

SCENE II.
A street.
Enter PORTIA and NERISSA

PORTIA. Inquire the Jew's house out, give him this deed
And let him sign it: we'll away to-night
And be a day before our husbands home:
This deed will be well welcome to Lorenzo.
Enter GRATIANO.
GRATIANO. Fair sir, you are well o'erta'en
My Lord Bassanio upon more advice
Hath sent you here this ring, and doth entreat
Your company at dinner.
PORTIA. That cannot be:
His ring I do accept most thankfully:
And so, I pray you, tell him: furthermore,
I pray you, show my youth old Shylock's house.
GRATIANO. That will I do.
NERISSA *aside to PORTIA.*
Sir, I would speak with you.
I'll see if I can get my husband's ring,
Which I did make him swear to keep for ever.
PORTIA. [Aside to NERISSA] Thou mayst, I warrant.
We shall have old swearing
That they did give the rings away to men;
But we'll outface them, and outswear them too.
Away! make haste: thou knowist where I will tarry.
NERISSA. Come,good sir, will you show me to this house? *Exeunt.*

Fünfter Aufzug
Erste Szene
Belmont. Freier Platz vor Porzias Haus.
Lorenzo und Jessica treten auf.

Lorenzo. Der Mond scheint hell. In solcher Nacht wie diese,
Da linde Luft die Bäume schmeichelnd küsste
Und sie nicht rauschen ließ, in solcher Nacht
Erstieg wohl Troilus die Mauern Trojas
Und seufzte seine Seele zu den Zelten
Der Griechen hin, wo seine Cressida
Die Nacht in Schlummer lag.
Jessica. In solcher Nacht
Schlüpft' überm Taue Thisbe furchtsam hin
Und sah des Löwen Schatten eh als ihn
Und lief erschrocken weg.
Lorenzo. In solcher Nacht
Stand Dido, eine Weide in ihrer Hand,
Am wilden Strand und winkte ihrem Liebsten
Zur Rückkehr nach Karthago.
Jessica. In solcher Nacht
Las einst Medea jene Zauberkräuter,
Den Äson zu verjüngen.
Lorenzo. In solcher Nacht
Stahl Jessica sich von dem reichen Juden
Und lief mit einem ausgelassenen Liebsten
Bis Belmont von Venedig.
Jessica. In solcher Nacht
Schwor ihr Lorenzo, jung und zärtlich, Liebe
Und stahl ihr Herz mit manchem Treugelübde,
Wovon nicht eines echt war.
Lorenzo. In solcher Nacht
Verleumdete die artige Jessica
Wie eine kleine Schelmin ihren Liebsten,
Und er vergab es ihr.
Jessica. Ich wollt Euch übernachten, käme niemand.
Doch horcht! ich hör den Fußtritt eines Manns.
Ein Stephano kommt.
Lorenzo. Wer kommt so eilig in der stillen Nacht?
Stephano. Ein Freund.
Lorenzo. Ein Freund? was für ein Freund? Euer Name, Freund?

126

ACT V.
SCENE I.
Belmont. Avenue to PORTIA'S house.
Enter LORENZO and JESSICA.

LORENZO. The moon shines bright: in such a night as this,
When the sweet wind did gently kiss the trees
And they did make no noise, in such a night
Troilus methinks mounted the Troyan walls
And sigh'd his soul toward the Grecian tents,
Where Cressid lay that night.
JESSICA. In such a night
Did Thisbe fearfully o'ertrip the dew
And saw the lion's shadow ere himself
And ran dismay'd away.
LORENZO. In such a night
Stood Dido with a willow in her hand
Upon the wild sea banks and waft her love
To come again to Carthage.
JESSICA. In such a night
Medea gather'd the enchanted herbs
That did renew old AEson.
LORENZO. In such a night
Did Jessica steal from the wealthy Jew
And with an unthrift love did run from Venice
As far as Belmont.
JESSICA. In such a night
Did young Lorenzo swear he loved her well,
Stealing her soul with many vows of faith
And ne'er a true one.
LORENZO. In such a night
Did pretty Jessica, like a little shrew,
Slander her love, and he forgave it her.
JESSICA. I would out-night you, did no body come;
But, hark, I hear the footing of a man.
Enter STEPHANO.
LORENZO. Who comes so fast in silence of the night?
STEPHANO. A friend.
LORENZO. A friend! what friend? your name, I pray you, friend?

Stephano. Mein Name ist Stephano, und ich soll melden,
Dass meine gnädige Frau vor Tages Anbruch
Wird hier in Belmont sein; sie streift umher
Bei Heiligen Kreuzen, wo sie kniet und betet
Um frohen Ehestand.
Lorenzo. Wer kommt mit ihr?
Bedienter. Ein Heiliger Klausner und ihr Mädchen bloß.
Doch sagt mir, ist mein Herr noch nicht zurück?
Lorenzo. Nein, und wir haben nichts von ihm gehört.
Doch, liebe Jessica, gehen wir hinein;
Lasse uns auf einen feierlichen Willkomm
Für die Gebieterin des Hauses denken.
Lanzelot kommt.
Lanzelot. Holla, holla! he! heda! holla! holla!
Lorenzo. Wer ruft?
Lanzelot. Holla! habt Ihr Herrn Lorenzo und Frau Lorenzo
gesehen? Holla! holla!
Lorenzo. Lasse dein Holla Rufen, Kerl! Hier!
Lanzelot. Holla! wo? wo?
Lorenzo. Hier!
Lanzelot. Sagt ihm, dass ein Postillion von meinem Herrn gekom-
men ist, der sein Horn voll guter Neuigkeiten hat: mein Herr wird vor
morgens hier sein. *Ab.*
Lorenzo. Komm, süßes Herz, erwarten wir sie drinnen.
Und doch, es macht nichts aus: wozu hineingehen?
Freund Stephano, ich bitt Euch, meldet gleich
Im Haus die Ankunft Eurer gnädigen Frau
Und bringt die Musikanten her ins Freie. *Stephano ab.*
Wie süß das Mondlicht auf dem Hügel schläft!
Hier sitzen wir und lassen die Musik
Zum Ohre schlüpfen; sanfte Still und Nacht,
Stimmt zu den Klängen süßer Harmonie.
Komm, Jessica! Sieh, wie die Himmelsflur
Ist eingelegt mit Scheiben lichten Goldes!
Auch nicht der kleinste Kreis, den du da siehst,
Der nicht im Schwunge wie ein Engel singt,
Zum Chor der helläugigen Cherubim.
So voller Harmonie sind ewige Geister:
Nur wir, weil dies hinfällige Kleid von Staub
Und grob umhüllt, wir können sie nicht hören.
Musikanten kommen.

STEPHANO. Stephano is my name; and I bring word
My mistress will before the break of day
Be here at Belmont; she doth stray about
By holy crosses, where she kneels and prays
For happy wedlock hours.
LORENZO. Who comes with her?
STEPHANO. None but a holy hermit and her maid.
I pray you, is my master yet return'd?
LORENZO. He is not, nor we have not heard from him.
But go we in, I pray thee, Jessica,
And ceremoniously let us prepare
Some welcome for the mistress of the house.
Enter LAUNCELOT
LAUNCELOT. Sola, sola! wo ha, ho! sola, sola!
LORENZO. Who calls?
LAUNCELOT. Sola! did you see Master Lorenzo?
Master Lorenzo, sola, sola!
LORENZO. Leave hollaing, man: here.
LAUNCELOT. Sola! where? where?
LORENZO. Here.
LAUNCELOT. Tell him there's a post come from my master, with his horn full of good news: my master will be here ere morning. *Exit.*
LORENZO. Sweet soul, let's in, and there expect their coming.
And yet no matter: why should we go in?
My friend Stephano, signify, I pray you,
Within the house, your mistress is at hand;
And bring your music forth into the air. *Exit Stephano.*
How sweet the moonlight sleeps upon this bank!
Here will we sit and let the sounds of music
Creep in our ears: soft stillness and the night
Become the touches of sweet harmony.
Sit, Jessica. Look how the floor of heaven
Is thick inlaid with patines of bright gold:
There's not the smallest orb which thou behold'st
But in his motion like an angel sings,
Still quiring to the young-eyed cherubins;
Such harmony is in immortal souls;
But whilst this muddy vesture of decay
Doth grossly close it in, we cannot hear it.
Enter Musicians.

He! kommt und weckt Dianen auf mit Hymnen,
Rührt euer Herrin Ohr mit zartem Spiel, *(Musik)*
Zieht mit Musik sie heim.
Jessica. Nie macht die liebliche Musik mich lustig.
Lorenzo. Der Grund ist, Eure Geister sind gespannt.
Bemerkt nur eine wilde flüchtige Herde,
Der ungezähmten jungen Füllen Schar:
Sie machen Sprünge, brüllen, wiehern laut,
Wie ihres Blutes heiße Art sie treibt;
Doch schaut nur die Trompete oder trifft
Sonst eine Weise der Musik ihr Ohr,
So seht Ihr, wie sie miteinander stehen;
Ihr wildes Auge schaut mit Sittsamkeit,
Durch süße Macht der Töne. Drum lehrt der Dichter,
Gelenkt hab Orpheus Bäume, Felsen, Fluten,
Weil nichts so stöckisch, hart und voll von Wut,
Das nicht Musik auf eine Zeit verwandelt.
Der Mann, der nicht Musik hat in ihm selbst,
Den nicht die Eintracht süßer Töne rührt,
Taugt zu Verrat, zu Räuberei und Tücken;
Die Regung seines Sinns ist dumpf wie Nacht,
Sein Trachten düster wie der Erebus.
Trau keinem solchen! – Horch auf die Musik!
Porzia und Nerissa in der Entfernung.
Porzia. Das Licht, das wir da sehen, brennt im Saal;
Wie weit die kleine Kerze Schimmer wirft!
So scheint die gute Tat in arger Welt.
Nerissa. Da der Mond schien, sahn wir die Kerze nicht.
Porzia. So löscht der größere Glanz den kleineren aus.
Ein Stellvertreter strahlet wie ein König,
Bis ihm ein König naht; und dann ergießt
Sein Prunk sich, wie vom inneren Land ein Bach
Ins große Bett der Wasser. Horch, Musik!
Nerissa. Es sind die Musikanten Eures Hauses.
Porzia. Ich sehe, nichts ist ohne Rücksicht gut;
Mich dünkt, sie klingt viel schöner als bei Tag.
Nerissa. Die Stille gibt den Reiz ihr, gnädige Frau.
Porzia. Die Krähe singt so lieblich wie die Lerche,
Wenn man auf keine lauschet; und mir deucht,
Die Nachtigall, wenn sie bei Tage sänge,
Wo alle Gänse schnattern, hielt' man sie

Come, ho! and wake Diana with a hymn!
With sweetest touches pierce your mistress' ear, *(Music)*
And draw her home with music.
JESSICA. I am never merry when I hear sweet music.
LORENZO. The reason is, your spirits are attentive:
For do but note a wild and wanton herd,
Or race of youthful and unhandled colts,
Fetching mad bounds, bellowing and neighing loud,
Which is the hot condition of their blood;
If they but hear perchance a trumpet sound,
Or any air of music touch their ears,
You shall perceive them make a mutual stand,
Their savage eyes turn'd to a modest gaze
By the sweet power of music: therefore the poet
Did feign that Orpheus drew trees, stones and floods;
Since nought so stockish, hard and full of rage,
But music for the time doth change his nature.
The man that hath no music in himself,
Nor is not moved with concord of sweet sounds,
Is fit for treasons, stratagems and spoils;
The motions of his spirit are dull as night
And his affections dark as Erebus:
Let no such man be trusted. Mark the music.
Enter PORTIA and NERISSA
PORTIA. That light we see is burning in my hall.
How far that little candle throws his beams!
So shines a good deed in a naughty world.
NERISSA. When the moon shone, we did not see the candle.
PORTIA. So doth the greater glory dim the less:
A substitute shines brightly as a king
Unto the king be by, and then his state
Empties itself, as doth an inland brook
Into the main of waters. Music! hark!
NERISSA. It is your music, madam, of the house.
PORTIA. Nothing is good, I see, without respect:
Methinks it sounds much sweeter than by day.
NERISSA. Silence bestows that virtue on it, madam.
PORTIA. The crow doth sing as sweetly as the lark,
When neither is attended, and I think
The nightingale, if she should sing by day,
When every goose is cackling, would be thought

Für keinen bessern Spielmann als den Spatz.
Wie manches wird durch seine Zeit gezeitigt
Zu echtem Preis und zur Vollkommenheit! –
Still! Luna schläft ja beim Endymion
Und will nicht aufgeweckt sein. *Die Musik hört auf.*
Lorenzo. Wenn nicht alles
Mich trügt, ist das die Stimme Porzias.
Porzia. Er kennt mich, wie der blinde Mann den Kuckuck,
An meiner schlechten Stimme.
Lorenzo. Gnädige Frau, willkommen!
Porzia. Wir beteten für unsrer Männer Wohlfahrt
Und hoffen, unsre Worte fördern sie:
Sind sie zurück?
Lorenzo. Bis jetzt nicht, gnädige Frau.
Allein ein Bote ist vorausgekommen,
Sie anzumelden.
Porzia. Geh hinein, Nerissa,
Sag meinen Leuten, dass sie gar nicht tun,
Als wären wir vom Haus entfernt gewesen; –
Auch Ihr, Lorenzo! Jessica, auch Ihr!
Trompetenstoß.
Lorenzo. Da kommt schon Euer Gemahl, ich höre blasen;
Wir sind nicht Plaudertaschen, fürchtet nichts.
Porzia. Mich dünkt, die Nacht ist nur ein krankes Tageslicht,
Sie sieht ein wenig bleicher; 's ist ein Tag
Wie's Tag ist, wenn die Sonne sich verbirgt.
Bassanio, Antonio, Graziano treten auf mit ihrem Gefolge.
Bassanio. Wir hielten mit den Antipoden Tag,
Erschient Ihr, während sich die Sonn entfernt.
Porzia. Wenn mein Betragen nur das Licht nicht scheut,
So mag mein Fußtritt wohl im Dunkeln wandeln:
Ihr seid zu Haus willkommen, mein Gemahl!
Bassanio. Ich dank Euch, heißt willkommen meinen Freund!
Dies ist der Mann, dies ist Antonio,
Dem ich so grenzenlos verpflichtet bin.
Porzia. Ihr müsst in allem ihm verpflichtet sein;
Ich hör, er hat sich sehr für Euch verpflichtet.
Antonio. Zu mehr nicht, als ich glücklich bin gelöst.
Porzia. Herr, Ihr seid unserm Hause sehr willkommen!
Es muss sich anders zeigen als in Reden,
Drum kürz ich diese Wortbegrüßung ab.

No better a musician than the wren.
How many things by season season'd are
To their right praise and true perfection!
Peace, ho! the moon sleeps with Endymion
And would not be awaked. *Music ceases.*
LORENZO. That is the voice,
Or I am much deceived, of Portia.
PORTIA. He knows me as the blind man knows the cuckoo,
By the bad voice.
LORENZO. Dear lady, welcome home.
PORTIA. We have been praying for our husbands' healths,
Which speed, we hope, the better for our words.
Are they return'd?
LORENZO. Madam, they are not yet;
But there is come a messenger before,
To signify their coming.
PORTIA. Go in, Nerissa;
Give order to my servants that they take
No note at all of our being absent hence;
Nor you, Lorenzo; Jessica, nor you.
A tucket sounds.
LORENZO. Your husband is at hand; I hear his trumpet:
We are no tell-tales, madam; fear you not.
PORTIA. This night methinks is but the daylight sick;
It looks a little paler: 'tis a day,
Such as the day is when the sun is hid.
Enter BASSANIO, ANTONIO, GRATIANO, and their followers.
BASSANIO. We should hold day with the Antipodes,
If you would walk in absence of the sun.
PORTIA. Let me give light, but let me not be light;
For a light wife doth make a heavy husband,
And never be Bassanio so for me:
But God sort all! You are welcome home, my lord.
BASSANIO. I thank you, madam. Give welcome to my friend.
This is the man, this is Antonio, To whom I am so infinitely bound.
PORTIA. You should in all sense be much bound to him.
For, as I hear, he was much bound for you.
ANTONIO. No more than I am well acquitted of.
PORTIA. Sir, you are very welcome to our house:
It must appear in other ways than words,
Therefore I scant this breathing courtesy.

Graziano. Ich schwöre es bei jenem Mond, Ihr tut mir Unrecht!
Fürwahr, ich gab ihn an des Richters Schreiber:
Wär er verschnitten, dem ich ihn geschenkt,
Weil Ihr Euch, Liebste, so darüber kränkt!
Porzia. Wie? schon ein Zank? worüber kam es her?
Graziano. Um einen Goldreif, einen dürftigen Ring,
Den sie mir gab; der Denkspruch war daran
Genau der Art, wie Vers' auf einer Klinge
Vom Messerschmied: «Liebt mich und lasst mich nicht.»
Nerissa. Was redet Ihr vom Denkspruch und dem Wert?
Ihr schwurt mir, da ich ihn Euch gab, Ihr wolltet
Ihn tragen bis zu Eurer Todesstunde;
Er sollte selbst im Sarge mit Euch ruhen.
Ihr musstet ihn um Eurer Eide willen,
Wo nicht um mich, verehren und bewahren.
Des Richters Schreiber! – o ich weiß, der Schreiber,
Der ihn bekam, trägt niemals Haar am Kinn.
Graziano. Doch, wenn er lebt, bis er zum Mann erwächst.
Nerissa. Ja, wenn ein Weib zum Manne je erwächst.
Graziano. Auf Ehr, ich gab ihn einem jungen Menschen,
'ner Art von Buben, einem kleinen Knirps,
Nicht höher als du selbst, des Richters Schreiber.
Der Plauderbub erbat den Ring zum Lohn:
Ich konnte ihm das um alles nicht versagen.
Porzia. Ihr wart zu tadeln, offen sag ich's Euch,
Euch von der ersten Gabe Eurer Frau
So unbedacht zu trennen; einer Sache,
Mit Eiden angesteckt an Euren Finger
Und so mit Treu an Euren Leib geschmiedet.
Ich schenkte meinem Liebsten einen Ring
Und hieß ihn schwören, nie ihn wegzugeben;
Hier steht er, und ich darf für ihn beteuern,
Er ließ' ihn nicht, er riss' ihn nicht vom Finger
Für alle Schätze, so die Welt besitzt.
Ihr gabt fürwahr, Graziano, Eurer Frau
Zu lieblos eine Ursache zum Verdruss;
Geschähe es nur, es machte mich verrückt.
Bassanio *beiseite.*
Ich möchte mir die linke Hand nur abhauen
Und schwören, ich verlor den Ring im Kampf.
Graziano. Bassanio schenkte seinen Ring dem Richter,

134

GRATIANO *to NERISSA.*
By yonder moon I swear you do me wrong;
In faith, I gave it to the judge's clerk:
Would he were gelt that had it, for my part,
Since you do take it, love, so much at heart.
PORTIA. A quarrel, ho, already! what's the matter?
GRATIANO. About a hoop of gold, a paltry ring
That she did give me, whose posy was
For all the world like cutler's poetry
Upon a knife, 'Love me, and leave me not.'
NERISSA. What talk you of the posy or the value?
You swore to me, when I did give it you,
That you would wear it till your hour of death
And that it should lie with you in your grave:
Though not for me, yet for your vehement oaths,
You should have been respective and have kept it.
Gave it a judge's clerk! no, God's my judge,
The clerk will ne'er wear hair on's face that had it.
GRATIANO. He will, an if he live to be a man.
NERISSA. Ay, if a woman live to be a man.
GRATIANO. Now, by this hand, I gave it to a youth,
A kind of boy, a little scrubbed boy,
No higher than thyself; the judge's clerk,
A prating boy, that begg'd it as a fee:
I could not for my heart deny it him.
PORTIA. You were to blame, I must be plain with you,
To part so slightly with your wife's first gift:
A thing stuck on with oaths upon your finger
And so riveted with faith unto your flesh.
I gave my love a ring and made him swear
Never to part with it; and here he stands;
I dare be sworn for him he would not leave it
Nor pluck it from his finger, for the wealth
That the world masters. Now, in faith, Gratiano,
You give your wife too unkind a cause of grief:
An 'twere to me, I should be mad at it.
BASSANIO *aside.*
Why, I were best to cut my left hand off
And swear I lost the ring defending it.
GRATIANO. My Lord Bassanio gave his ring away

Der darum bat und in der Tat ihn auch
Verdiente; dann erbat der Bursch, sein Schreiber,
Der Müh vom Schreiben hatte, meinen sich,
Und weder Herr noch Diener wollten was
Als die zwei Ringe nehmen.
Porzia. Welch einen Ring gabt Ihr ihm, mein Gemahl?
Nicht den, hoff ich, den Ihr von mir empfingt.
Bassanio. Könnt ich zum Fehler eine Lüge fügen,
So würd ich's leugnen; doch Ihr seht, mein Finger
Hat nicht den Ring mehr an sich, er ist fort.
Porzia. Gleich leer an Treu ist Euer falsches Herz.
Beim Himmel, nie komm ich in Euer Bett, bis ich den Ring gesehen.
Nerissa. Noch ich in Eures, bis ich erst meinen sehe.
Bassanio. Holde Porzia,
Wär Euch bewusst, wem ich ihn gab, den Ring,
Wär Euch bewusst, für wen ich gab den Ring,
Und säht Ihr ein, wofür ich gab den Ring
Und wie unwillig ich mich schied vom Ring,
Da nichts genommen wurde als der Ring,
Ihr würdet Eures Unmuts Härte mildern.
Porzia. Und hättet Ihr gekannt die Kraft des Rings,
Halb deren Wert nur, die Euch gab den Ring,
Und Eure Ehre, hangend an dem Ring,
Ihr hättet so nicht weggeschenkt den Ring.
Wo wär ein Mann so unvernünftig wohl,
Hätt es Euch nur beliebt, mit einiger Wärme
Ihn zu verteidigen, dass er ohne Scheu
Ein Ding begehrte, das man heilig hält?
Nerissa lehrt mich, was ich glauben soll:
Ich sterbe drauf, ein Weib bekam den Ring.
Bassanio. Bei meiner Ehre, nein! bei meiner Seele!
Kein Weib bekam ihn, sondern einem Doktor
Der Rechte gab ich ihn, der mir dreitausend
Dukaten ausschlug und den Ring erbat;
Ich weigerte es ihm, ließ ihn verdrießlich gehen,
Den Mann, der meines teuren Freundes Leben
Aufrechterhielt. Was soll ich sagen, Holde?
Ich war genötigt, ihn ihm nachzuschicken;
Gefälligkeit und Scham bedrängten mich,
Und meine Ehre litt nicht, dass sie Undank
So sehr befleckte. Drum verzeiht mir, Beste!

Unto the judge that begg'd it and indeed
Deserved it too; and then the boy, his clerk,
That took some pains in writing, he begg'd mine;
And neither man nor master would take aught
But the two rings.
PORTIA. What ring gave you my lord?
Not that, I hope, which you received of me.
BASSANIO. If I could add a lie unto a fault,
I would deny it; but you see my finger
Hath not the ring upon it; it is gone.
PORTIA. Even so void is your false heart of truth.
By heaven, I will ne'er come in your bed until I see the ring.
NERISSA. Nor I in yours till I again see mine.
BASSANIO. Sweet Portia,
If you did know to whom I gave the ring,
If you did know for whom I gave the ring
And would conceive for what I gave the ring
And how unwillingly I left the ring,
When nought would be accepted but the ring,
You would abate the strength of your displeasure.
PORTIA. If you had known the virtue of the ring,
Or half her worthiness that gave the ring,
Or your own honour to contain the ring,
You would not then have parted with the ring.
What man is there so much unreasonable,
If you had pleased to have defended it
With any terms of zeal, wanted the modesty
To urge the thing held as a ceremony?
Nerissa teaches me what to believe:
I'll die for't but some woman had the ring.
BASSANIO. No, by my honour, madam, by my soul,
No woman had it, but a civil doctor,
Which did refuse three thousand ducats of me
And begg'd the ring; the which I did deny him
And suffer'd him to go displeased away;
Even he that did uphold the very life
Of my dear friend. What should I say, sweet lady?
I was enforced to send it after him;
I was beset with shame and courtesy;
My honour would not let ingratitude
So much besmear it. Pardon me, good lady;

Denn, glaubt mir, bei den Heiligen Lichtern dort,
Ihr hättet, wärt Ihr dagewesen, selbst
Den Ring erbeten für den würdigen Doktor.
Porzia. Dass nur der Doktor nie mein Haus betritt.
Denn weil er das Juwel hat, das ich liebte,
Das Ihr meinetwillen zu bewahren schwurt,
So will ich auch freigebig sein wie Ihr:
Ich will ihm nichts versagen, was ich habe,
Nicht meinen Leib noch meines Gatten Bett;
Denn kennen will ich ihn, das weiß ich sicher.
Schlaft keine Nacht vom Haus! wacht wie ein Argus!
Wenn Ihr's nicht tut, wenn Ihr allein mich lasst:
Bei meiner Ehre, die mein eigen noch!
Den Doktor nehme ich mir zum Bettgenossen.
Nerissa. Und ich den Schreiber; darum seht Euch vor,
Wie Ihr mich lasst in meiner eignen Hut.
Graziano. Gut! tut das nur, doch lasst ihn nicht ertappen,
Ich möchte sonst des Schreibers Feder kappen.
Antonio. Ich bin der Unglücksgrund von diesem Zwist.
Porzia. Es kränk Euch nicht; willkommen seid Ihr dennoch.
Bassanio. Vergeht mir, Porzia, mein gezwungenes Unrecht,
Und vor den Ohren aller dieser Freunde
Schwör ich dir, ja, bei deinen holden Augen,
Worin ich selbst mich sehe –
Porzia. Gebt doch Acht!
In meinen Augen sieht er selbst sich doppelt,
In jedem Aug einmal – beruft Euch nur
Auf Euer doppelt Selbst, das ist ein Eid,
Der Glauben einflößt.
Bassanio. Hört mich doch nur an!
Verzeiht dies, und bei meiner Seele schwör ich,
Ich breche nie dir wieder einen Eid.
Antonio. Ich lieh einst meinen Leib hin für sein Gut;
Ohne ihn, der Eures Gatten Ring bekam,
War er dahin; ich darf mich noch verpflichten –
Zum Pfand meine Seele – Euer Gemahl
Wird nie mit Vorsatz mehr die Treue brechen.
Porzia. So seid denn Ihr sein Bürge; gebt ihm den
Und heißt ihn besser hüten als den andern.
Antonio. Hier, Don Bassanio, schwört, den Ring zu hüten.
Bassanio. Beim Himmel! eben den gab ich dem Doktor.

138

For, by these blessed candles of the night,
Had you been there, I think you would have begg'd
The ring of me to give the worthy doctor.
PORTIA. Let not that doctor e'er come near my house:
Since he hath got the jewel that I loved,
And that which you did swear to keep for me,
I will become as liberal as you;
I'll not deny him any thing I have,
No, not my body nor my husband's bed:
Know him I shall, I am well sure of it:
Lie not a night from home; watch me like Argus:
If you do not, if I be left alone,
Now, by mine honour, which is yet mine own,
I'll have that doctor for my bedfellow.
NERISSA. And I his clerk; therefore be well advised
How you do leave me to mine own protection.
GRATIANO. Well, do you so; let not me take him, then;
For if I do, I'll mar the young clerk's pen.
ANTONIO. I am the unhappy subject of these quarrels.
PORTIA. Sir, grieve not you; you are welcome notwithstanding.
BASSANIO. Portia, forgive me this enforced wrong;
And, in the hearing of these many friends,
I swear to thee, even by thine own fair eyes,
Wherein I see myself--
PORTIA. Mark you but that!
In both my eyes he doubly sees himself;
In each eye, one: swear by your double self,
And there's an oath of credit.
BASSANIO. Nay, but hear me:
Pardon this fault, and by my soul I swear
I never more will break an oath with thee.
ANTONIO. I once did lend my body for his wealth;
Which, but for him that had your husband's ring,
Had quite miscarried: I dare be bound again,
My soul upon the forfeit, that your lord
Will never more break faith advisedly.
PORTIA. Then you shall be his surety. Give him this
And bid him keep it better than the other.
ANTONIO. Here, Lord Bassanio; swear to keep this ring.
BASSANIO. By heaven, it is the same I gave the doctor!

Porzia. Ich hab ihn auch von ihm, verzeiht, Bassanio!
Für diesen Ring gewann der Doktor mich.
Nerissa. Und Ihr, verzeiht, mein artiger Graziano,
Denn jener kleine Bursch, des Doktors Schreiber,
War um den Preis hier letzte Nacht bei mir.
Graziano. Nun, das sieht aus wie Wegebesserung
Im Sommer, wann die Straßen gut genug.
Was? sind wir Hahnrei, eh wir's noch verdient?
Porzia. Sprecht nicht so gröblich. – Ihr seid all erstaunt;
Hier ist ein Brief, lest ihn bei Muße durch,
Er kommt von Padua, vom Bellario;
Da könnt Ihr finden: Porzia war der Doktor,
Nerissa dort ihr Schreiber; hier Lorenzo
Kann zeugen, dass ich gleich nach Euch gereist
Und eben erst zurück bin; ich betrat
Mein Haus noch nicht. – Antonio, seid willkommen!
Ich habe bessere Zeitung noch im Vorrat,
Als Ihr erwartet. Diesen Brief erbrecht;
Ihr werdet sehn, drei Eurer Galeonen
Sind reich beladen plötzlich eingelaufen;
Ich sag Euch nicht, was für ein eigner Zufall
Den Brief mir zugespielt hat.
Antonio. Ich verstumme.
Bassanio. Wart Ihr der Doktor, und ich kannte Euch nicht?
Graziano. Wart Ihr der Schreiber, der mich krönen soll?
Nerissa. Ja, doch der Schreiber, der es niemals tun will,
Wenn er nicht lebt, bis er zum Mann erwächst.
Bassanio. Ihr müsst mein Bettgenosse sein, schönster Doktor.
Wenn ich nicht da bin, liegt bei meiner Frau.
Antonio. Ihr gabt mir Leben, Teure, und zu leben:
Hier les ich für gewiss, dass meine Schiffe
Im Hafen sicher sind.
Porzia. Wie steht's, Lorenzo!
Mein Schreiber hat auch guten Trost für Euch.
Nerissa. Ja, und er soll ihn ohne Sporteln haben.
Hier übergebe ich Euch und Jessica
Vom reichen Juden eine Schenkungsakte
Auf seinen Tod, von allem, was er nachlässt.
Lorenzo.
Ihr schönen Frauen streut Manna Hungrigen in ihren Weg.
Porzia. Es ist beinahe Morgen,

PORTIA. I had it of him: pardon me, Bassanio;
For, by this ring, the doctor lay with me.
NERISSA. And pardon me, my gentle Gratiano;
For that same scrubbed boy, the doctor's clerk,
In lieu of this last night did lie with me.
GRATIANO. Why, this is like the mending of highways
In summer, where the ways are fair enough:
What, are we cuckolds ere we have deserved it?
PORTIA. Speak not so grossly. You are all amazed:
Here is a letter; read it at your leisure;
It comes from Padua, from Bellario:
There you shall find that Portia was the doctor,
Nerissa there her clerk: Lorenzo here
Shall witness I set forth as soon as you
And even but now return'd; I have not yet
Enter'd my house. Antonio, you are welcome;
And I have better news in store for you
Than you expect: unseal this letter soon;
There you shall find three of your argosies
Are richly come to harbour suddenly:
You shall not know by what strange accident
I chanced on this letter.
ANTONIO. I am dumb.
BASSANIO. Were you the doctor and I knew you not?
GRATIANO. Were you the clerk that is to make me cuckold?
NERISSA. Ay, but the clerk that never means to do it,
Unless he live until he be a man.
BASSANIO. Sweet doctor, you shall be my bed-fellow:
When I am absent, then lie with my wife.
ANTONIO. Sweet lady, you have given me life and living;
For here I read for certain that my ships
Are safely come to road.
PORTIA. How now, Lorenzo!
My clerk hath some good comforts too for you.
NERISSA. Ay, and I'll give them him without a fee.
There do I give to you and Jessica,
From the rich Jew, a special deed of gift,
After his death, of all he dies possess'd of.
LORENZO. Fair ladies, you drop manna in the way
Of starved people.
PORTIA. It is almost morning,

Und doch, ich weiß gewiss, seht ihr noch nicht
Den Hergang völlig ein. – Lasst uns hineingehen,
Und da vernehmt auf Fragartikel uns,
Wir wollen auch auf alles wahrhaft dienen.
Graziano. Ja, tun wir das; der erste Fragartikel,
Worauf Nerissa schwören muss, ist der:
Ob sie bis morgen lieber warten mag,
Ob schlafen gehen zwei Stunden nur vor Tag?
Doch käme der Tag, ich wünscht ihn seiner Wege,
Damit ich bei des Doktors Schreiber läge.
Gut! lebenslang hüte ich kein anderes Ding
Mit solchen Ängsten als Nerissas Ring. *Alle ab.*

IMPRESSUM

Autor: William Shakespeare (1564-1616).
Deutscher Text: Shakespeare in deutscher Sprache. Band I., Georg Bondi, Berlin 1908.
Übersetzung: August Wilhelm von Schlegel (1767-1845), zum Teil neu übersetzt von Friedrich Gundolf (1880-1931).
EnglishText: The Merchant of Venice, Second Folio, London: Smethwick, J., Aspley, W., Hawkins, Richard, and Meighan, Richard, 1632.
Cover: Shylock After the Trial, describing Act II, Scene vii of William Shakespeare's play The Merchant of Venice which is not after the trail. Steel engraving (1873) by Sir John Gilbert (1899-1936). Public Domain: File:Gilbert-Shylock.jpg

© 2017 SUAVIS VERLAG
ESSEN – GERMANY
Heinrich Süs, Bertoldstr.22, D-45130 Essen
All rights reserved - Alle Rechte vorbehalten.
ISBN-13: 978-1977564795

Printed in Great Britain
by Amazon

24063631R00088